本書附贈童詩口謠MP3

書泉出版

台語童詩口謠集

- 孩子輕鬆唸台語

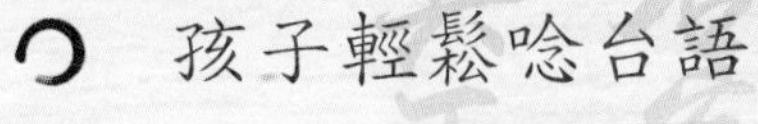

- 體會台語的語韻之美

- 回憶早年台灣社會的文化背景

洪老師 著　張玉慧 編著　呂秀宜 錄音

編者序

二十多年的幼教實務工作日子裡，在幼兒藝文知能與語言發展的教學工作中，見著自己族源的文化、本國語言、地域方言及語言文字教育傳承上的輕忽疏漏、缺乏斷層，著實感慨良多。

因此在中央大學中文研究所時，即有將自己所服務的幼園裡，活潑多樣、別具特色的鄉土文化教學中，純真原味的台語教學之教材創作過程與教學經驗做番整理紀錄，甚至編撰出書之意。有幸，四年前即蒙天佑的在教、學雙忙中，完成首冊台語童詩口謠集，且已申登冊入國圖而稍慰解。

無奈這多年來，總又有感五花八門的外文、外語的受崇尚崛起，致相關於自己本國本土的語言地傳承教育有倒本為末、每況愈下的式微之憂。之中又見本書作者洪老師辦學的執著及其特殊的人生閱歷經驗與豐富的台語語源語法、語史典故、各地音韻腔調的廣泛聽聞接觸，及至七十高齡仍能源源創作不絕，而更有急欲將其數十年來，所作之台語童詩口謠擴大整理編撰出書之願，免有金玉流失之憾，是為本詩集成書之動力。

本書編撰期間，雖曾有團體或個人碩學求文賞閱，亦有書社欲予出版，然總因洪老師認為文人為學做教不應忮求名利之理念與個性而作罷。

今春，憂感其齡漸高，若不汲記，恐有寶失之虞，故再三懇求終獲允予整理出冊，並幸蒙五南出版合作，以台語童詩口謠集之名初版。希望其獨具的濃厚鄉土草根生活閱歷經驗，所涵養之情懷，能透過本詩集之字句而將台語的語言音韻之美、表述意涵之深得傳記一、二。

此台語童詩口謠集，收錄洪老師從小在深山林裡，成長生活體驗中，所見所聞、所學所用的母語詞彙、語源語法、語史典故，暨數十年幼教實務工作中，所書寫創作之耐人尋味的童詩口謠。本詩集中的詩意敘述部分為編者所撰，文意內容及部分詩作之情景意境則依洪老師口述而寫。其他感慨聯想，則是編者個人生活經歷所體會的抒發，若有淺愚，則請包容。

木著作中之詩韻讀白發音，大都以國人普熟之中文華語漢字，以形音方式來作發音擬讀。其豐富而幽默的押韻讀白，再透過幼兒天真童聲地唱唸，相信別有台語的親切自然、悅耳之美。

台灣因係海島，港埠極多，又因鄰近中國大陸沿海的地緣關係，人口遷徙流動、貿易來往頻繁；又因生活文化的同化融溶，致語言高度的合混說用，而使口音、腔調、語法變化極多又複雜（如：文語唸法、口語講法、破音、外來語的引用通用……等。），他如：同音異字、同字異義或同字異音、有音無字之現象，在在皆使本書之讀音、語法之源考史搜、查證不易，故編者相信必有百家認疑之爭之惑了。因此若有異同之議，尚請先輩賢長指正。

另：在本書的編輯付梓過程之中，感謝正音幼稚園全體老師及許多家長與好友們的鼓勵預訂，暨目前在園的幼兒，為各首詩作之人地事物、情景意境、涵喻表述所需的、繁複的口白錄音存檔並上相入鏡的貢獻。

又：還要特別感謝同事呂秀宜老師，在教務繁忙中，為本詩集的音檔剪輯及配樂的勞心勞力。希望本書能得大家的欣賞、喜歡，更求先進專精們不吝賜正。

編者 張玉慧 於一〇三年七月 筆

目錄Contents

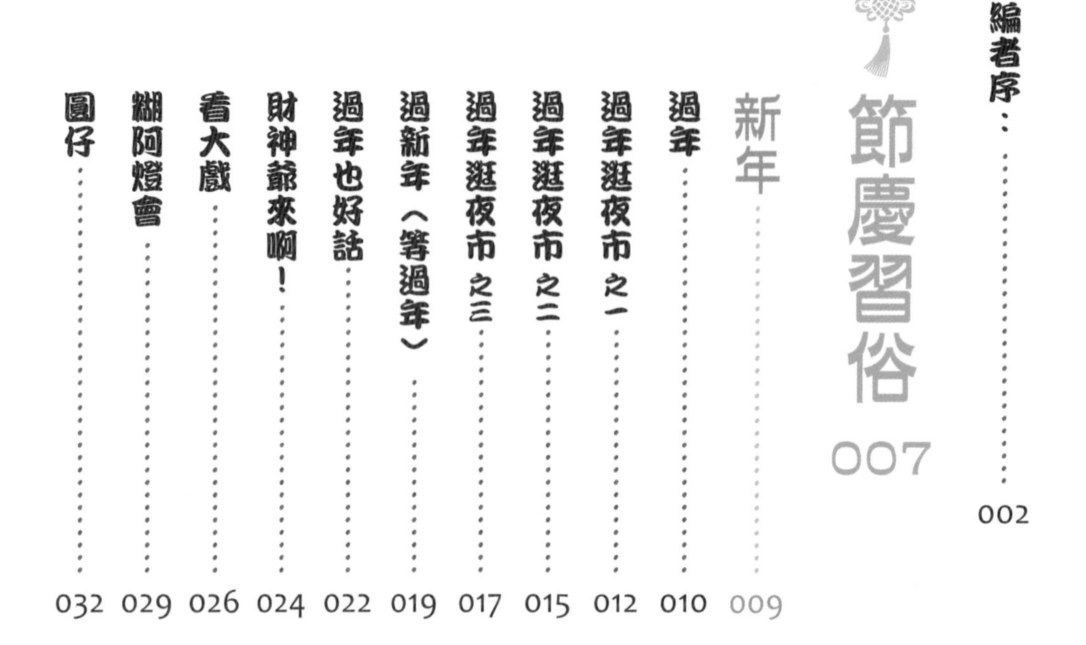

十二生肖 057

目錄Contents

生活意象 097

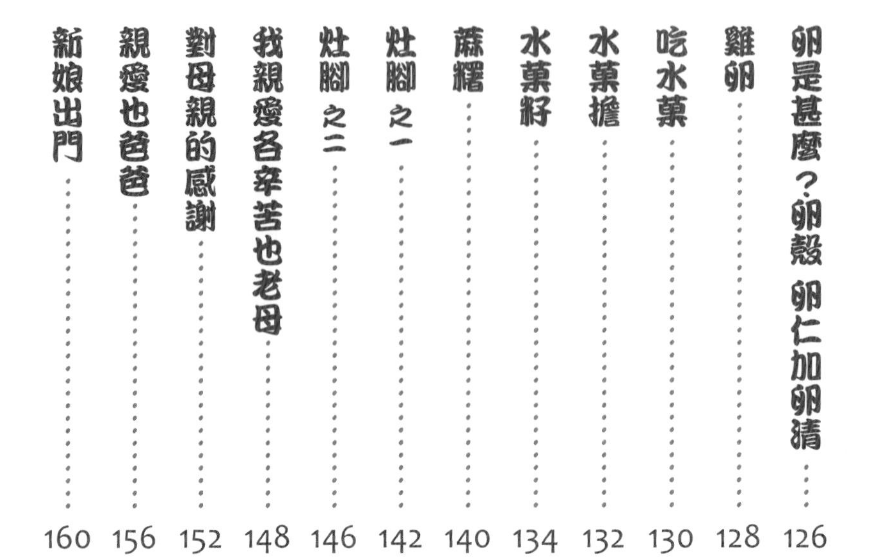

節慶習俗

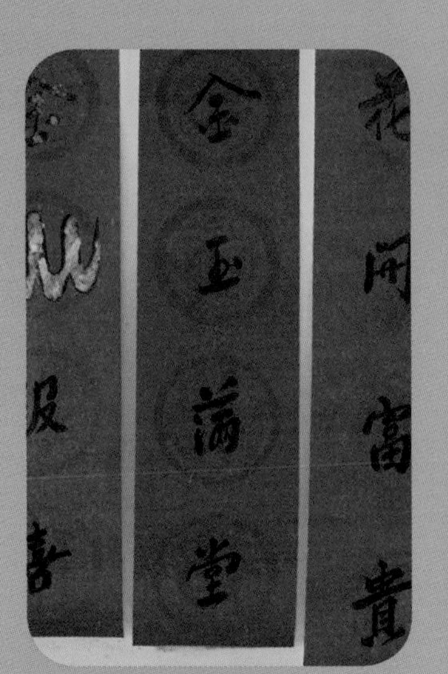

送財斗
人情厚
新年到
報人知影新年到
福祿壽喜攏總到
福氣到
正音幼稚園全
同恭賀

新年

其實由年節的習俗活動及生活樣相，可見族源、祖緣及種族民族的個性靈魂，更是種族文化最重要的元素。因此，為了呈現詩集中所描述的、古時過年春節時的民俗節趣，編者特別走尋許多仍有古味的鄉鎮老街市集。之後才漸發現，真的因社會的變遷與時代的不同，許多詩中所敘述之人事地物、情景樣相都失真、乏趣、走樣了。也因此只能盡量忖摩捕捉與原貌相近的景象來勉介敘述一、二了！

過年、春節這節日，對東方文化的我們，可是人人皆從懂事以來，一直都充滿著興奮期待的日子。

當年節漸近，年貨商品的鋪陳總讓年味四起。雖然現代蠟鼓不聞，但熙攘往來、款辦年貨的街景人潮、新聞報導，總會年年復復的催動異鄉遊子的思鄉念親情緒與返鄉的腳步。

過年

開春新年真快樂，
弄龍舞獅貢鑼鼓，
嘴笑目笑相祝福，
四給七桃真快樂。

舞龍、舞獅樂陶陶。

註釋：

■ 弄龍舞獅貢鑼鼓：形容新年時，各種民俗藝陣齊現，舞龍舞獅、鑼鼓喧天的熱鬧情景。貢，台語音「共」，四聲唸。手持器物敲打的動作。

■ 嘴笑目笑相祝福：形容大家眉開眼笑、開心快樂地相互恭禧祝賀之意。相，台語，「秀」，一聲唸。

■ 四給：到處之意。

■ 七桃：遊玩之台語。

詩意敘述：

農曆過年的心情氣氛係自歲末年終的除舊整理中開始（亦有自尾牙後，氣氛感覺即漸增的）。如：禮儀習俗中的除歲祭拜、殺豬宰羊屠牲、應節祭品貢物的購買，年菜食物囤備，各種大小傢私、農稼用具、細軟什貨的汰舊換新補足，新欠舊帳的清償等。隨著這一切的忙碌而進入心想事成、萬事如意、諸事大吉的美好期盼。至於走春、拜年也都有為親情、祖源、宗脈的連繫或為自己或他人祈求祝福，增添喜氣之意。

當然，春節過年期間，最快樂高興的，莫過於小孩子了，因這段時間，除了可到處遊玩還有紅包可拿之外，還有吃不完的糖果、餅乾。更特別的是大人絕對不會（不能）責罵處罰小孩子。

寫些春紅、貼貼春聯、包個紅包、說些古語好話，更增年味人情喜氣。

過年逛夜市之一

新正年頭洗夜市，
先到廟啊拜保庇，
看到大爺咽免味，
雙手合列喊恭禧，
都丟乞食緊分錢，
好心囝阿無代誌。

其實各處廟宇、佛寺祠堂，不論平時或年節，多有來廟抽籤卜卦、擲筊問神、謝神還願或點功德燈者，尤其在考前，更多有來廟求題釋解、庇護佑助考運祈登金榜的。

註釋：

- 洗夜市：洗，音「寫」，短音輕唸。繞、逛夜市場的意思。
- 大爺：指七爺、八爺。
- 毋免味：不用怕、不必躲。
- 雙手合列喊恭禧：意指遇到七爺八爺不用怕、不必躲；可以雙手合十作揖，鎮靜的先開口向祂們喊恭禧。
- 都丟：遇到的意思。
- 乞食：乞丐。
- 緊分錢：趕緊捨給銅板錢幣。意指在街上、廟口遇到乞丐，可大方不吝的施捨錢財給他們。
- 好心囝阿無代誌：意指孩子若常存有同情憐憫、施捨分享的善心美意，鬼神都會知道，不只不會有事情，而且還會有好報呢！

2013冬，編者與自己幼稚園的孩子們在嘉義文化路逛夜市。

詩意感寄：

近年來，每逢年過節，洪老師總是感嘆：過年的年味愈來愈淡了。現代的孩子已漸不知年俗節慶的典故由來與文化意義了。或許將來，還可能出現雙手柱著香佇立在神明前，用著洋話來祈祝默禱的畫面，只不知我們所敬拜的眾神諸佛或媽祖仙婆是否聽得懂了！

確實，人口在流動、文化會融合。但穿著地球村的外衣、喊著國際化的口號，卻在讓自己的族源、祖源、原鄉本土的歷史文化沒落消失，這是非常可悲的。

因此希望透過這詩作，能再傳述醒示大家，應珍惜自己的祖源、族源文化與歷史。

過年逛夜市 之二

歸家作伙洗夜市，
阿公愛看布袋戲，
阿媽去洗什貨阿市，
弟弟邱列呼金魚，
阿兄搶列溜蹦子，
夜市阿鬧熱各厝味。

廟口、路邊撈魚小攤，多少小孩玩過？哪個孩子不愛？

註釋：

■ 洗：音「寫」，輕聲短唸。逛、繞之意。

■ 歸家作伙洗夜市：全家一起去逛、繞夜市。

■ 什貨阿市：日用細軟棉布針線、五金雜貨店街。

■ 搶列：趕著、急著之意。

■ 溜蹦子：溜，籤抽的意思。「蹦子」，古時以紙包住小火葯之紙炮彈。亦即抽玩一種以「鋁」或「鉛」熔製的、可撞擊紙炮彈以引起爆炸的玩具手槍或飛機、炸彈造形之抽抽樂童玩。

■ 厝味：有趣之台語。

詩意感寄：

從前的庶民生活娛樂樣相單純，到夜市逛逛即為假日中的一大新奇享受。尤其在過年或節慶期間，人擠人的熱鬧景象，不管是什麼吃喝玩樂的攤位，總是大排長龍。

而我總特別喜歡在夜市中，觀察躲在後面收拾清洗鍋盤碗筷的人，有高齡老人或十幾來歲的打工學生及有背著小孩的婦人。心想這種「夜市人生」的工作時間大多很長，有從一大早就忙到三更半夜的，而他們的孩子也都從小跟著父母大人，如此生活作息成長的，真令人同情憐憫。

或許是幼兒教育工作幾十年，桃李滿天下，故經常在夜市中聽到：「老師好！」恭敬、熱情又興奮的招呼者，真讓人窩心感動。只是望著他們身旁或背上熟睡的小孩，心裡難免酸楚難過！

抽抽樂，看看幸運之神會降在誰手上。

過年逛夜市之三

夜市夜市真鬧熱，
大擔細擔排歸列，
鹹酸甜正燒配冷；
滷肉飯、魚丸湯，
切阿麵、加魯蛋，
杏仁茶、土豆湯，
肉粽刈包炸雞捲，
有看有吃真好勝。

熱鬧的夜市，五光十色、吃喝玩樂的東西可多著呢！

註釋：

- 逛夜市：逛，音「寫」，短音輕唸。逛、繞夜市之意。
- 大擔、細擔：各種大小攤位。
- 正：不酸不甜不鹹的無味之意。
- 鹽酸甜正：意指口味極多。
- 燒配冷：有熱食也有冷飲，吃法款樣極多。
- 真好勝：真好玩。

詩意聯想：

白居易曾嘆：「大抵好物不堅牢，彩雲易碎琉璃脆。」，沒想到在二〇一三年的全園嘉南三夜四天的遠距冬之旅中，竟也感受到如此情緒。

原存於味蕾記憶中的許多珍稀佳肴、美味鄉土小吃，有些在久別重回後，不是老師傅退休要不就是店面轉讓或門窗緊閉歇業了。此趟嘉南之旅，最讓我心碎的就是孩子們口中的「蛇麵」—生炒鱔魚麵。那酸中帶著甜辣香味、饕仙口中極品的鮮嫩爽脆生炒鱔片的百年鱔魚麵擔，竟然關店了。惋惜失望之餘，心想：此生即使味蕾退化、齒沒頰消而不能飯，也難忘那鱔味魚香。雖歲末將新、鑼鼓炮聲漸聞，但這百年老店的消失，卻讓人落寞惆悵。

2013冬遠距活動——嘉南之旅，夜晚逛夜市留影。

過新年（等過年）

拚掃清塵大門聯，
吹粿煮菜丹團圓，
燒金放炮拜祖先；
穿新衫、換新鞋，
拿紅包、算新錢，
講好話、分福氣，
四給行春過新年。

阿公說：每到過年一定要大清潔、大掃除。且金紅玄黃大吉，所以要張貼春聯、插春花，以迎春納喜。

新年的紅包都要好好存起來喔！

註釋：

- 拼掃：清潔大掃除之意。
- 清塵：清除煙灰、塵垢。如：刷洗牆壁、刮除灶邊、爐框、鼎緣之油垢或鍋底積碳燒灰或拜清神像佛衣之灰塵。
- 大：貼的意思。
- 吹粿煮菜：蒸年糕、煮年夜飯之團圓年菜。
- 丹團圓：丹：「等」之台語，一聲唸。除夕當天，等待家族親人回家團聚吃年夜飯之意。
- 燒金放炮：燃香、燒壽喜福金紙錢、放鞭炮。
- 穿新衫：穿新衣服。
- 四給行春過新年：意謂趁著農閒、利用過年的新正年初，到處串門拜訪賀年。

詩意敘述：

這首「過新年」的詩作，所描述的是在歲末年終時，身邊、眼前、心裡漸增的除舊迎新感覺與準備工作過程。全家大小都分工的在忙碌著。而「清塵」中，供桌上佛爺神像及祖先神龕牌位的拂塵擦拭，更是馬虎不得。對以前的人而言，日常生活樣相單純，尤其農業社會中，一年農務的操勞忙碌，終於可在秋收冬藏後趁著過年期間，好好休養生息。除特別的準備著豐盛的飲食，犒賞工人、慰勞親人、放鬆自己外，還期待著與旅居外地異鄉、返家過年的親人團圓聚敘。

猶記有一年除夕夜的團圓飯，阿嬤特別交代媽媽要多擺一副碗筷、留個位子，因她懸念在外島服役，無法回家與家人團聚的四叔。這每逢佳節倍思親、睹物如見斯人的心情，不也象徵著團圓的祈求？不也正是我們節慶文化的美德嗎？

過年也好話

桃李花開春各來，
福壽財禧人人愛，
百子千孫厚秀才，
加冠晉祿好光采，
親成朋友遍四海，
萬事亨通大發財，
家庭興旺到萬代。

我們特製獨一無二的春字鞭炮。

註釋：

■ 百子千孫厚秀才：此句形容家族的門楣極風光，不只人丁興旺、子孝孫賢、滿門書香又多及第成才、文武輩出。

■ 加冠晉祿：受封升官晉爵，增賜俸給。

■ 親成：「親戚」之台語。

詩意敘述：

在大地春回、富貴花開，家家戶戶、團圓處處的過年吉祥瑞景中，人們總是笑容滿面的相互恭祝賀喜，好話圍身繞耳不絕。

其實，各國、各種族文化亦多有過新年或其他特別重大的節慶文化習俗的，尤其歷史文明淵源流長、以農立國、文化多元的中國，以農曆為準計的二十四節氣中，過農曆新年的春節是個最神聖偉大的節日（這中華民族的春節期間地人口流動，口數人次之多、里程之長，堪稱古今中外、舉世無雙）。

此時，在這萬象更新之際，姑不論舊的一年收穫成就如何或如何的困頓不順，總希望在又是新春伊始時能重寄新希望，尤其在祝福寒暄問候的話語上更是不吝多說，因這能給人喜悅、幫人添增福氣與希望，更何況好話不嫌少。而這也是東方民族過年文化的美德景象了。

桃李競香報春喜，百花含苞續春意。

財神爺來啊！

福氣財神門口行，
大人囝阿㑀免驚，
點香放炮站著迎，
金銀財寶送歸場，
健康快樂、萬事如意
富貴吉祥逐項成。

大班蔓瑄小朋友畫的財神爺。

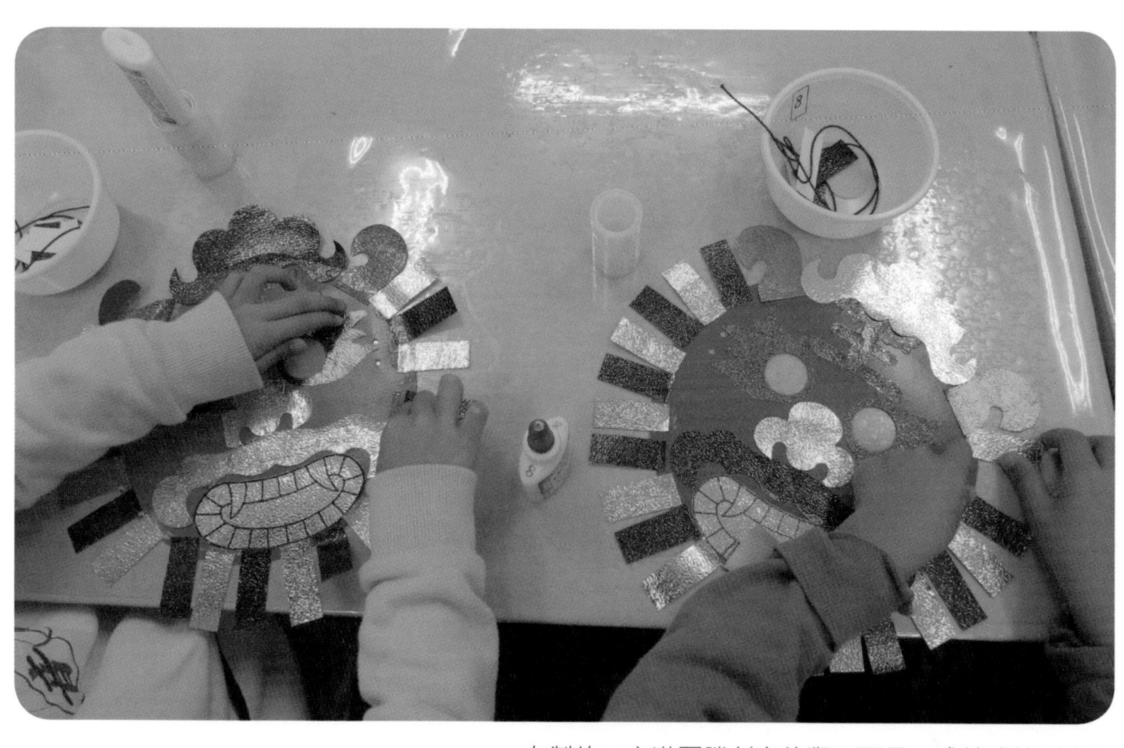
自製的、充滿圖騰創意的獅王面具，成就感特別高！

註釋：

■ 大人囝阿㖿免驚：不論大人或小孩，都不必害怕。

■ 點香放炮站著迎：神明出巡過門時，信徒們都會在家門口擺盆淨水、恭置新淨面巾、燒金紙、拄著香、放鞭炮，虔誠的佇立庭院門口、恭迎接福。

■ 金銀財寶送歸場：意指金銀財寶會送得滿庭滿院。

■ 逐項成：意指每件每樣事務及心願，都能一一如願的達成。

詩意敘述：

過年的時候，因地域的不同，所以，侍奉、祭拜之神祇極多，遊行藝陣更是不少。而財神則是萬眾皆喜、最受歡迎者。故當財神挨家挨戶跳加冠、展喜聯，尤其大、小財神一起出現時，更受歡迎、更討喜。且鑼鼓越響、鞭炮沿街接龍齊放更是熱鬧，也表示著財利的興旺。

看大戲

喋喋匡、喋喋匡，
岑啊鑼鼓琴動強。
大兵小卒站雙向，
忠僕奸神隨人嗆；
刀劍斧頭直直弄，
大人囝阿看加怔。

感謝鴻明歌劇團協助拍攝。

註釋：

- 大戲：早期台灣社會的地方廟會節慶中，為酬神、作醮或遇特定神祇聖誕時，都會重金禮聘有正式舞臺布景、正式戲服道具、演員班底及大鑼鼓陣、閩南語發音之京戲盛演以酬神。
- 喋喋匡：小鑼、枕鼓、大鼓的合奏或輪敲響聲。
- 岑啊：「鈸」的台語。
- 琴動強：加上了鈸、小鈸、大鼓、大鑼的齊鳴響聲。
- 大兵小卒站雙向：大小文武將相各依地位、壁壘分明的分站兩旁。
- 忠僕奸神隨人嗆：各種忠奸善惡角色不同、面相各異之劇中人物，壁壘分明的相互吆喝叫陣。
- 刀劍斧頭直直弄：直直弄，意指各種道具兵器、各展本事的不停揮舞耍弄。
- 大人囝阿看加怔：形容觀眾看得痴醉入戲發愣。
- 怔：音「Guon」，輕聲。

劇景布幕為蟾蜍放生。

詩意回想：

早年，在沒有電視機的年代，在廟口廣場或樹下三倆聚集，或棋奕或茶酒拳令閒聊，皆是庶民休閒常景；尤其看戲更是老一輩人最愜意快樂的事。而孩子們雖不懂茶酒也不懂劇情的看著看著，更不知為何三姑六婆們都會拿著手帕拭淚；但戲棚周遭圍繞的各種小吃攤，卻是最令小孩流漣忘返的地方，至於臺上演什麼戲碼，則不重要了。

隨著時光的流轉，電視劇已取代了野臺戲。現代的廟會雖還有酬神大戲的場子，可惜戲迷人潮不復往昔。但對我而言，只要有機會看到戲臺，則不管演的是什麼戲碼，我總會駐足欣賞，也會給臺上的演員獻上掌聲和微笑，因為她們才是社會底層、最令人敬佩、最令人㖠甘（台語）最敬業，上至帝王將相、下至丐幫叫化子，演盡眾生萬相，真正戲如人生的庶民。

掌中乾坤。

元宵節 糊阿燈會

在元宵夜提燈籠，最愜意了。

元宵節，糊阿燈會，
大人囝阿味燒吹，
街頭巷尾琳瓏西，
厝邊壁角黑白迴，
阿姑、阿姑，你弟兄？
應答：
大人：我弟家，呼你吹！
小孩：你弟兄？
大人：呼你吹！

註釋：

■糊阿燈會：早時民俗節慶或神誕廟會，各家各戶或個人創意自製之各式各樣的燈籠聚集競會之意。以上元（元宵）及中元最大、最多。

■燈籠之台語亦有篙阿燈或鼓阿燈或糊阿燈之稱。

■味燒吹：躲貓貓、捉迷藏之意。味，台語「米」之四聲唸，躲藏之意。燒吹，相互尋找的台語。

■琳瓏西：盲無頭緒、目的的到處繞跑之意。

■黑白迴：盲目地觸探摸索尋找之意。

■你弟兄：兄，「倒位」之台語快速連唸。哪裡之意。你弟兄？意謂你在哪裡？

■我弟家：我在這裡的意思。家，台語「這裡」。

■呼你吹：吹，「找」之台語。呼你吹，讓你找的意思。

至三芝遊客中心名人館賞花燈。

詩意聯想：

元宵節雖是新年春節尾聲，但其熱鬧不失新正，故有小過年之稱。這一晚，除相約提燈遊街或到廟裡燒香拜神、觀賞燈籠花海、猜燈謎之外，各地祭祀不同之廟寺，亦皆有各種不同之民藝活動。其實由活動規模之大小及庶民百姓參與之程度，亦可見社會民心風向與民生景氣。如：鹽水的蜂炮、燒王船、炸寒單等。在炮聲隆隆、焰火硝味中，歡樂的氣氛與燦爛的煙火交織成一片，象徵百姓的安和樂利、社會的承平祥和。

每到元宵，總會讓我想起歐陽脩的：「去年元夜時，花市燈如晝。月上柳梢頭，人約黃昏後。今年元夜時，月與燈依舊。不見去年人，淚滿春衫袖」這首生查子。

這描寫著元宵節花燈輝煌，燦爛光亮如白晝，人群摩肩接踵如織的街景，沒想到隔年後，街景如舊，但卻有不見故人的惆悵心情，是我最喜歡的詞闕之一。這詞意兒，也在我年歲漸長之後才更體會。真的，天下沒有不散的筵席，有時對人的懷念令人心碎，但也會讓人心靈更澄澈、豁達。

圓仔圓圓，
年年好年，
圓仔甜甜，
逐日好天，
好年好天，
富貴透天。

搓湯圓，搓湯圓，看誰搓的湯圓大又圓！

註釋：

■ 圓仔：湯圓之台語。

■ 逐日：逐，打音，舌頭輕頂上顎而發。逐日，每天的意思。

■ 富貴透天：意指福氣與富貴不停、無止無盡無際。

詩意敘說：

在台灣，除嫁娶婚喜待客的甜清紅圓仔湯外，節俗的吃湯圓一年有兩次，即冬至和元宵。俗稱的元宵，係內有包餡、大皆白色，以清湯甜食者。內餡不外芝麻、蓮蓉、豆沙、花生等…現亦有地瓜、芋頭、山藥或其他菓香等之多色圓仔。冬至則甜鹹皆有。鹹食者，圓仔大皆白色，分有純圓仔、以鹹湯佐料而食及包有鹹餡，但以清湯而食兩種。甜湯者之圓仔則以紅為多，但亦有

木柵動物園眾人爭睹小貓熊「圓仔」。但此圓仔非彼圓。聽說每年元宵節，這貓熊媽媽可是非常難過又害怕，因為全台灣人都嚷著要吃「圓仔」！

摻白色者。

吃湯圓之習俗亦各地有異，但以甜味清湯料理者為多，他如：囍宴上亦有乾炸再沾以花生糖粉之百子千孫、圓圓滿滿之乾圓仔盤。另有摻桂香、桂肉、蓮子、枸杞、圓糯、紅棗、參片、燕窩、白木耳、冬瓜、松子、白果等珍貴食材加滴清酒之及第富貴圓仔湯（近似八寶粥）。夜市亦見有串烤圓仔者。

另，據洪老師憶敘：冬至時，山上民家還會取雙數的將圓仔黏著門框或柱頭上，以意著事事圓滿、全家永聚相黏；待日久圓仔相繼滑垂，更意味著宗族興盛不息、永世綿延。另有：小時幫磨米、參與搓湯圓之工作。搓湯圓厲害者，可一手掌同時揉搓三、四顆，懶惰者則會被禁吃，掉地者則挨罵外，還要拾起在爐邊以火烘烤續食，不得浪費。

其實現今台灣各地，仍有喜慶時以甜清圓仔湯待客，如：新居落成、喬遷入厝等，以分享福分喜氣、圓滿甜蜜、平安如意。

端午

小時常聽年長的婆婆媽媽們說（台語）：「無吃五月粽，裘仔毋湯放。」所以過端午，除了節慶活動代表著文化習俗的傳承外，也象徵著節氣時序的轉換。端午至，即在告訴著大家炎炎酷夏到了。

端午競舟。

端午節

五月初五綁粽節，
肉粽鹼粽粿阿粽，
包甜做鹹功夫多，
雜碎好料在你下，
五日節呀綁粽節，
心色鬧熱趣味多。

長長的粽葉好漂亮，但要包成四角粽形可是要有功夫的哦！

註釋：

- 包甜做鹹功夫多，雜碎好料在你下：意指粽子的口味與做法非常多，甜鹹皆有。可依隨各人的喜好或地方飲食文化的口味習慣，來包餡放料。
- 心色鬧熱趣味多：指端午節的種種活動，精彩熱鬧又有趣。

詩意聯想：

為了拍攝粽子的包綁過程，編者到處尋找有古早風味的粽店或攤子。雖然南、北各地的口味、餡料做法及包紮方式各有特色不同的。但永遠令我感覺溫馨的是：台灣的包粽婆、綁粽嬸的快速熟稔技巧與包紮工作過程中的快樂心情與真誠用心。

而今，文化流動及時空環境與生活方式的改變，讓粽子已非端午才有的節食，變成一年四季都可在夜市或小吃攤上吃得到了。故這粽子的來由或端午節涵意，似乎真的淡了。

話雖如此，但我仍喜歡端午節近時的粽香，甚至還特喜佇足觀賞著那些手忙嘴不停又笑開懷的包粽婆，因為她們才是真正的端午人呢！

讓我看看你拿的是什麼粽？

過五日節

五月初五端午節，
吃粽豎蛋玩過節，
吟詩賞花各品茶，
相招做伙來潦溪，
咻咻喊喊龍船爬，
大聲細聲拼前也，
心色鬧熱五日節。

2014年龍舟賽系列照。感謝李銘江先生於基隆八斗子漁港的拍攝。

註釋：

- 吃粽豎蛋玩過節：意指端節當天除吃粽子外，還可玩著傳說中、日正午時，蛋可豎立的遊戲。豎，國語「採」音輕唸。
- 吟詩賞花各品茶：古端午節又有詩人節之稱，係因除紀念屈原堅忍清寒之風骨節操外，也紀念其好詩學之風雅，故端節時亦有吟詩作賦、賞花品茗的活動。
- 相招做伙來潦溪：潦溪，溯溪也。亦即呼朋引伴一起溯溪過河，以驅趕奪食屈原祭品之水怪。
- 咻咻喊喊龍船爬，大聲細聲拼前也：形容龍舟競賽，選手拚命吆喝賣力競划，岸上觀眾也齊聲吼喊加油的情景。爬，可唸國語「別」音。划的意思。
- 前也：位置的表示。最前面、第一個的意思。

詩意聯想：

這首「過五日節」，是洪老師早年為端午節所寫的第一首台語童詩，詩作內含許多關於端午的節慶活動與民俗文化意涵，今再讀之，倍覺有趣。尤其，佇立河岸邊觀看選手們賣力吆喝划槳、奮力爭前拔旗奪標，觀眾跟著擂鼓吆喝助勢的情景，更能體會民俗活動的文化內涵。

古人云：「造船百日，同舟輯渡。」之語，可由現代龍舟樣式的華麗及選手們賣力揮槳競划的畫面聯想體會。

肉粽

肉粽燒燒綁整串，
粒粒四角傻爛爛，
粽葉青青水各芳，
粽餡香菇蔥啊酥，
麻有栗子菜脯米，
各有蝦米蚵啊乾，
想著呼人流嘴涎。

感謝北縣石門肉粽店的協助，特允拍攝包粽情景，現場還親送許多粽葉及已蒸熟之肉粽招待品嚐。

註釋：

■ 綁整串：意指吊著的已綁好剛蒸熟的粽串。
■ 粒粒四角傻爛爛：意指每粒都是四個角角又蒸煮得熟軟的粽子。
■ 粽葉青青水各芳：形容粽子有著葉的清香及翠綠的漂亮。
■ 粽餡香菇蔥啊酥，麻也栗子菜脯米，各有蝦米蚵啊乾：意指粽子內餡包有各種山海食材佐料。
■ 流嘴涎：流口水。

詩意聯想：

洪老師憶述：早期的農業社會，在較貧困缺乏的地區，粽餡裡若有著丁點蔥酥、蘿蔔乾或碎肉，堪稱是奢華的美味享受了。在生活困苦、物資缺乏、講求節儉的山區，各種美味佐料食材甚少，故會將粽子包得特別大。而這米多餡少的大白粽，內餡則離不開蔥頭、碎蒜仁、蘿蔔乾、蝦米等。

其實各地粽子不少、口味又多、也都好吃，但在人口文化流動、生活方式改變的現代，大家已不太會包粽子了。因此，對古早口味肉粽的懷念，也讓許多肉粽專賣店家的生意好得不得了。

說好一人一口的，
你怎麼可以偷咬？

中秋

中秋

秋夜的皎潔明月，總會讓人望月生情。在東方文化裡、尤其在中國，月圓象徵著人親的團圓。尤以中秋節近時，更會讓人思親想家，尤其無法返家團聚的異鄉遊子，心中更會有著孤單落寞的酸楚淒涼。

故洪老師的這幾首「中秋」的詩作，皆以秋夜明月來抒情寄意，以發思古幽情。

在巨幅嫦娥奔月的文化看板前的孩子。

月娘

月娘水水毋湯指，
指著也柳舌各割耳；
雙手合咧拜保庇，
金銀也落甲歸加誌；
月娘月娘你真水，
我是乖囝阿請保庇。

達娜伊谷之月。2012年遠距教學活動至嘉義阿里山達娜伊谷山區所拍攝。

註釋：

- 月娘：月亮。
- 水水：漂亮的意思。
- 毋湯指：不可以用手指直指著的意思。「指」，音同台語的「鋸」。
- 柳舌各割耳：以薄刃割削舌頭和耳朵的意思。
- 雙手合咧：雙手合什之意。
- 金銀也落加歸加誌：金銀珠寶會掉得整籮滿筐之意。「加誌」為早時民間常用的、以鹹草（乾鹹草）所編的一種提袋。
- 乖囡阿：乖孩子。
- 請保庇：請求月娘保佑照顧。

詩意敘述：

其實，怪力亂神不只子不語，我更不敢隨意怪談。但不可否認的是，任何一個種族民族或國家地區，一個傳說或杜撰的神話或寓言，總會在人們的腦海裡留有著相當的文化精神內涵與作用意義，也會影響著一個地區種族人民的個性情懷與智慧的。

在這首「月娘」詩作中，即係以民間傳說：若以手指頭，指著月亮或說著對月娘不敬的話，舌頭和耳朵是會被細利的弦月彎刀割削的。及長細思，此神話傳說還真有教導誡勉孩子：從小應敬畏天地，要誠實、要乖巧、言談舉止不可隨便的寓意。

不知何生、何世或何年、何日，凡人真能到得了那遙掛天際，遠不可及的皎潔明月上，住在廣寒宮裡、見見嫦娥、看看樵夫吳剛及嚐嚐玉兔做的月餅？

過中秋節

中秋月娘大各圓，
歸家做伙那過年，
扒柚吃茶膏蕨糬，
月餅圓圓芳各甜，
聽古賞月過三更，
四散哞甘等明年。

阿公！您講的故事，講太久了！

註釋：

- 大各圓：又大又圓的意思。
- 歸家做伙那過年：全家人圍聚團圓，好像過年的情景。
- 扒柚吃茶膏糬：扒音背，剝的意思。意謂剝柚子、喝茶、吃麻糬。膏，沾、黏之意。
- 古時，有些地方過中秋是吃麻糬而非吃月餅，如嘉南地區即有以大開口陶鉢盛蒸麻糬。再以筷子夾挖捲成團狀，再沾以花生粉、芝麻或糖粉而食之習俗。
- 月餅圓圓芳各甜：意指月餅圓美、香甜。
- 聽古賞月過三更：古，故事也。形容中秋夜，老幼家人、親朋好友圍聚團圓、談天説地，聽聽老人説説神仙故事或談古論今、吃吃聊聊的就過了三更。
- 四散呣甘等明年：呣甘，捨不得之意。形容明月將落、人將散，但又依

柚香餅甜人團圓。

依不捨，只好相約再待來年。

詩意感想：

這「中秋」，或許只是個單純的天文物理現象的名詞，但「中秋節」在東方民族的文化裡，她可是個富含著美麗傳說的神話信仰民俗節日。

雖然，月的陰晴圓缺古難全，不過「但願人長久，千里共嬋娟」的情寄及詩中「歸家做伙那過年」的團圓情景，總是一種美好的感覺。

所以，對台灣人而言，中秋節，應又是一個可凝聚家族親人情感的重大節日，而非只是聚在一起燒燒魚、烤烤肉、吃餅剝柚、喝喝茶酒聊聊天的吃喝玩樂休假日而已。

中秋暝

中秋月娘大各圓，
那像金盤掛在天，
親戚朋友招逗陣；
蕋糬QQ月餅甜，
吃茶講古聊歸暝，
舉頭賞月到三更；
有情許願紅線纏，
前世翁某弟厝邊。

高掛天空圓亮似金盤的秋夜明月。

註釋：

- 那像：好像的意思。
- 那像金盤掛在天：形容滿月的圓月像個亮晶晶的金色盤子，高高的掛在天上。
- 招逗陣：左鄰右舍、親朋好友、相互招攬聚集。
- 聊歸暝：徹夜閒聊話題不停。
- 翁某：夫妻。

詩意敘述：

古時民間，常有高齡嫗婆，好在左鄰右舍之初生嬰兒滿月抱出見人時，在嬰兒的手足上互繫紅線配對預媒，並指天或引月為證，盼長大後能結良緣成為夫妻。另，前世翁某弟厝邊之詞，即證指許多良緣美眷，說不定還是嬰兒時即已被互繫了紅線的鄰居呢！其實古之繫紅線以結良緣的習俗傳說可是各地皆有的，因此亦有媒婆為月老之說。

自古以來，一直有著神話傳說、引人遐思的神祕明月。

水堀啊邊也中秋暝

菜園啊水堀水甜甜，
月娘落弟水堀啊裡！
拿像金盤圓圓圓。
水咯啊醬薯歸池啊邊，
哩哩囉囉吵歸暝，
買看恬恬麥喘氣，
水底月娘呣湯尼！

現代已少見菜園、池塘了，故也很難在池塘邊看到青蛙、蛤蟆或池中水月了。

註釋：

■水堀：水窪。古時鄉下農家或山上人家菜園裡，為澆菜而挖的小水池。

■甜甜：以台語輕短音唸。滿滿的意思。

■月娘落弟水堀啊裡：水池中的月亮倒影，好像是月亮掉在池塘裡。

■水咯啊：青蛙的台語。

■醬薯：蟾蜍、蛤蟆。

■歸池啊邊：整個池塘邊。

■哩哩囉囉吵歸瞑：指青蛙、蛤蟆，徹夜的鳴叫不停。

■買看恬恬麥喘氣：意謂想看水中月，就要閉口禁聲連呼吸都要停止，才不會驚嚇到青蛙、蟾蜍跳入水中而擾散了月影。

■水底月娘呣湯尼：此句亦謂水中的月亮其實是影子而已。但別好奇的想去抓拿觸碰，以免攪動池水而擾散了月影。

■呣湯尼：呣湯，不要的意思。尼，拿的意思。呣湯尼，不要去拿。

誰知廣寒宮、嫦娥、做餅玉兔及不老桂樹在何處？

詩意敘述：

在這首充滿詼諧、逗趣的詩作中，貼切地形容青蛙、蟾蜍在平靜如鏡的小池塘邊，競鳴唱和。其實，夜世界也是熱鬧非凡的。如此秋夜天籟，真是神奇美妙。

中秋暝趕路

中秋暗暝月光光，
想厝想甲心酸酸，
買轉趕路閉褲管，
風寒無伴各凍霜，
路行路緊驚天光。

嫦娥正飛向月亮，我看到了！

註釋：

■中秋暗暝月光光，想厝想甲心酸酸：意為孤獨的離鄉人在皎潔明亮的秋夜圓月情境中，想家的心酸苦楚心情。

■買轉：買，馬之台語發音，想、要的意思。轉，發國語「鄧」音，為回家的意思。

■閉褲管：將褲管捲起來。

■買轉趕路閉褲管：意為想家急著回家，連夜在膝漫草的荒山及羊腸小徑上趕路，因怕褲管沾露溼重而不便走路、而捲起褲管行走的樣子。

■凍霜：受著冰點霜露的寒凍。

■路行路緊驚天光：路，國語一聲唸。越、愈的意思。描寫著愈走愈快的急著趕路想回家，又怕天明節已過的心情。

詩意聯想：

這首詩之意境緣由，係作者洪老師憶起深居阿里山深山。極小時即常隨著大人在人跡罕至的深山林裡、在參天古木下的羊腸小徑上行走，或魚肚未白的光腳趕路上學及經常午後或天黑暗夜擎火獨行、趕路欲歸家的情景。有時路邊的窸唆蟲鳴、走獸突竄、枝椏葉影的晃動嘎響，都令人毛骨悚然、心跳欲出。因此，每每秋冬，內心總是悸動不已。

據洪老師謂：旅北至今四十年，每逢年節，他仍常親送節禮相贈現仍居住生活在深山林裡的幼年同輩摯友或親長。再想到他老人家隻身飛車在景物依稀、似曾相識且險象環生的阿里山公路上，那幼時曾經歷過的孤獨驚悚感覺。又再想到小時，家裡所請長工，在年節時，著草鞋趕路急欲回家的情景有感而發，而以唐詩體韻寫下的這首「中秋暝趕路」。真是個情懷別具的今之古人啊！

孤獨的夜月。

十二生肖

在東方民族的信仰文化裡（尤其在中國），每個人出生皆有肖屬（西方談星座），故不免會以肖屬動物的行為來比擬歸類或定位其將來可能的行為個性，甚至論測其將來可能的發展。其實不論這些形擬論斷的好壞真假，吾人還是宜以自信、自知、自省的觀念與態度來看待才好。這十八首描述生肖特質的童詩口謠，作者洪老師大多以善美心胸情懷與良好的人性品德追求及堅強的生存意志與生命韌力來鼓勵勉進孩子為主而寫。

老鼠之一

老鼠老鼠有夠GŌN，
暗時無人四給弄，
廚房灶腳黑白總，
咬東咬西牙水共，
壁角柱腳挖山洞，
可憐過街眾人貢。

大班亭儀小朋友畫的彩色老鼠。

註釋：

■ GŌN：笨的意思。一聲輕唸。三聲長唸則為「暈眩」的意思。

■ 四給弄：好動的到處奔跑衝撞的意思。

■ 灶腳：廚房之台語。也含爐灶旁之牆邊壁角之意。

■ 黑白總：盲無目的的到處奔跑之意。

■ 牙水共：啃、咬水管。

■ 眾人貢：眾人追打。貢，三聲輕唸。持器物敲打的意思。

天竺鼠。

老鼠之二

老鼠老鼠真趣味，
倉庫灶腳黑白去，
水管土康四給味，
偷吃土豆甲蕃薯，
咬布袋、搬測米，
看著貓阿走列味。

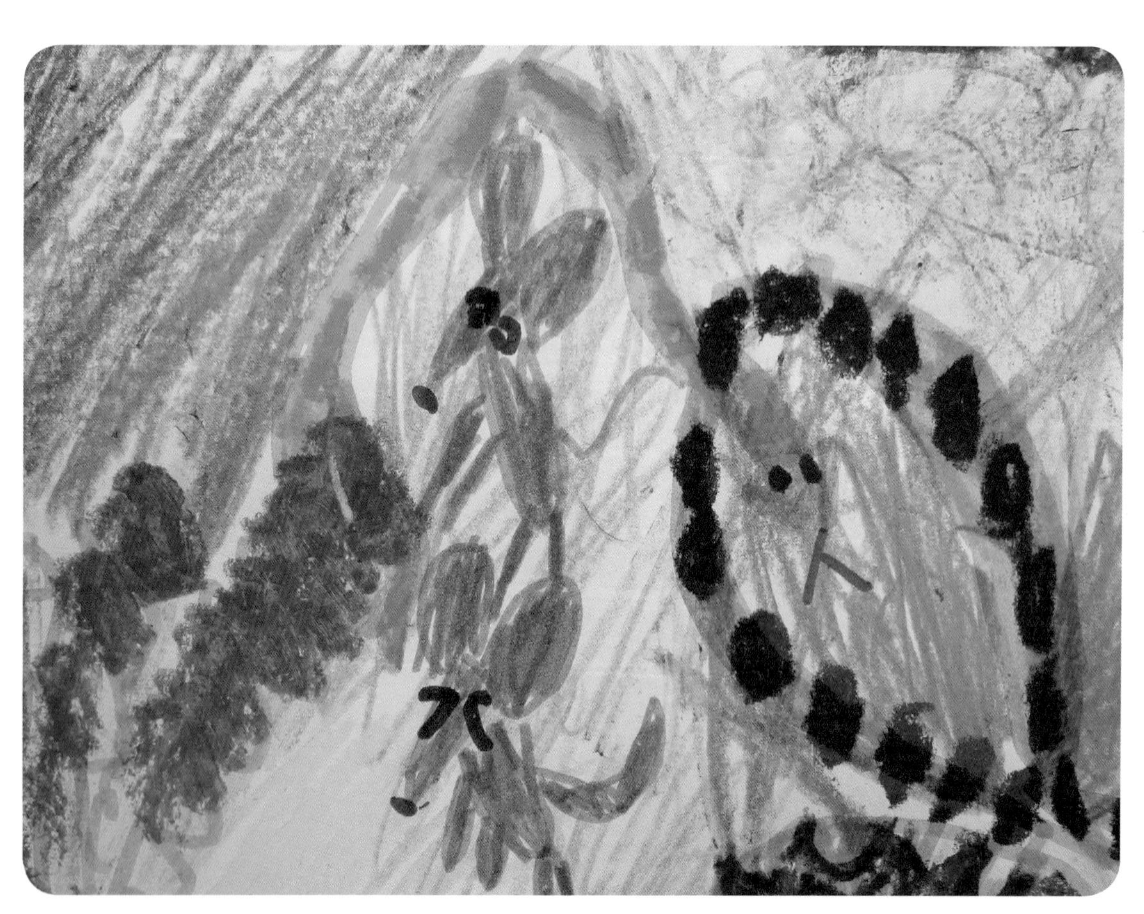

大班御弘小朋友畫的蟒蛇吞老鼠。

註釋：

■ 老鼠：台語「鳥去」。「鳥」一聲唸，「去」四聲唸。
■ 黑白去：到處去。
■ 土康：地洞。
■ 土豆：花生之台語。
■ 蕃薯：地瓜之台語。
■ 測米：稻穀。
■ 走列味：趕緊跑著躲的意思。

詩意敘述：

個了小卻最機伶狡詐又帶有病媒的老鼠，為十二生肖之首。在一般人的印象裡，除卡通米老鼠外，牠總是以負面的形象深植人們的心目中。還以膽怯、髒汙、貪婪、偷盜的字句來說牠。成語如：鼠輩橫行、膽小如鼠、蛇鼠一窩、獐頭鼠目、抱頭鼠竄……等等皆非好詞。

倒是，其近親之天竺鼠就很可愛。遠親「豚鼠」的命也好一些，兩者不只不讓人討厭，甚至還被當成寵物飼養疼愛呢！

和樂融融的鼠家庭。

牛 干苦也牛

牛啊牛啊成無閒，
站列睏弟牛稠間，
生活簡單真可敬，
犁田拖車生牛奶，
康虧大小攏賣揀，
透早到晚做無停，
勇健有力各認真，
恬恬干苦蓋忠心。

本照攝於士林劍潭公園邊坡擋土牆，為紀念台灣土改及農業復興之馬賽克鑲嵌畫。

註釋：

■成無閒：很忙的意思。

■站列睏弟牛稠間：站列，站著的意思。意謂在牛廄裡站著睡。

■康虧大小攏賣揀：空虧，工作之台語。意味不論工作類別、輕重大小，都不挑不嫌的意思。

■恬恬：靜靜的、不說話的。

本照攝於士林劍潭公園邊坡擋土牆，為紀念台灣土改及農業復興之馬賽克鑲畫。

心色也牛

春天拖犁行田頭，
熱天淋雨浸圳溝，
秋天無閒載測豆，
寒天牛稠哺乾草。

本照攝於士林劍潭公園邊坡擋土牆，為紀念台灣土改及農業復興之馬賽克鑲畫。

註釋：

- 心色：有趣的意思。
- 春天拖犁行田頭：春天時，忙著在田裡拖犁翻土的工作著。
- 熱天淋雨浸圳溝：夏天時，工作完會淋著雨、在大水溝中浸水泡涼。
- 秋天無閒載測豆：秋天時，又忙著拖載牛車、收成的五穀雜糧。
- 寒天牛稠哺乾草：冬天時，因農閒又較無鮮嫩青草，只好在牛廄裡嚼吃乾草。
- 寒：接近「肝」、「乾」之台語二聲唸法。

詩意敘述：

古早的農業社會，「牛隻」是農民非常重要的勞動牲口之一。「牛」在人們心目中一直是勤奮努力又任勞任怨的好幫手。古時鄉下，有的牛隻漸老遲緩失力後，主人會不捨、不宰、不販、不換的報養終老，由此可見人畜的情義結構。

正因如此，在洪老師這兩首「牛」的台語詩作中充分描寫出「牛」辛苦勞力的一生，倘若牠這輩子運氣好，遇到好農家，不只會善待牠，還能在年老後受報的在牛棚中安養終老呢？

圖左為本書作者——洪老師與孫合影。

虎 虎年有福氣

虎年福氣虎啊到，
囝阿乖乖免驚哭，
做事認真各肯走，
品行好各讀冊GAU，
虎姑婆朵麥來找，
平安快樂一定到。

編者（右）與6個月大之小老虎合照。其實牠不兇，還會頑皮、淘氣又親暱地依偎在人身旁磨蹭撒嬌呢！

大班沛妮小朋友畫的可愛虎。

註釋：

■ 囝阿乖乖免驚哭：意指孩子乖乖，不用驚怕哭泣的意思。

■ 做事認真各肯走：意勉孩子要勤奮、肯做事、好勞動、愛運動。走，國語唸「照」。

■ 讀冊GĀU：「GĀU」聰明之台語。意指會讀書、功課成績好。

■ 虎姑婆朵麥來找：意指虎姑婆就不會找上門來。朵，「就」的意思。

虎年到、福氣到

乖乖囝阿賣愛哭，
骨力囝阿也拼掃，
勇健囝阿真愛走，
虎年到、好年到，
巧囝阿讀書GĀU，
好囝阿知友孝。

大班蔓瑄小朋友畫的假裝自己是老虎的貓。

註釋：

■ 囝阿：小孩子。
■ 賣愛哭：不會愛哭的意思。
■ 骨力：勤快的意思。拼掃，清潔打掃的意思。
■ 勇健囝阿：健康的小孩子。
■ 真愛走：喜歡跑、動。亦為愛運動之意。
■ 巧囝仔讀書GĀU：GĀU，聰明之台語。意謂聰明的小孩，喜歡讀書，成績又好。
■ 好囝阿知友孝：好孩子一定會知道要孝順父母。

詩意回想：

虎年的詩謠創作，是敘述虎年的來到，即意味著好年冬及福氣都會跟著來之意。故以詩喻勉孩子要勤勞愛運動、要勇敢愛讀書並知孝順。

為了老虎的照片，特走訪許多有老虎的地方去拍攝，但總覺得不夠生動自然。忽然憶起當年有可愛的小老虎，來編者執教的幼稚園為孩子們作實體實物教學時，難得留下的一張師虎照。光陰荏苒，沒想到一轉眼已超過二十年了。

本書編者於民國83年與6個月大之小老虎合影。

本書之錄音製作者與6個月大之小老虎合影。

兔

玉兔來拜年

玉兔歸陣來拜年，
歸身白毛又綿綿，
目周紅紅配大耳，
吃密恬恬真貴氣，
走來跳去真趣味，
送人平安大賺錢。

您看牠正細嚼慢嚥的品嚐美食呢！

小班威煦小朋友所畫的玉兔來拜年。

註釋：

■歸陣：很多的、整群的。

■歸身：全身。

■目周：眼睛。

■吃密：吃東西。台語「密」或「密阿」：東西的意思。

■恬恬真貴氣：形容兔子吃東西時，看起來恬靜有氣質的高貴樣子。

兔年吉祥

福氣虎年好歸歲，
富貴兔啊接虎尾，
春花門聯滿四給，
人人見面祝好禮，
互相恭禧講好話，
歸年歡喜賣欠虧。

小班少遠小朋友畫的跳舞的小白兔。

註釋：

- 好歸歲：整年完好圓滿、如意順事的意思。
- 滿四給：意謂春紅、門聯貼得到處都是。
- 祝好禮：祝，很的意思。相互問候，都好和氣、很有禮貌的樣子。
- 賣欠虧：「賣」，不會、不曾、沒有。非常富裕充足，什麼都不缺少的意思。

詩意回想：

兔子給人的感覺是文靜無爭又可愛。尤其牠閉著嘴咀嚼食物及用小手擦嘴的樣子，真是可愛。

記得國小三年級時，班上曾飼養一對小白兔。記憶中，那些日子我每天都好快樂，天天都第一個到校看牠們，連每節下課時間，都迫不及待的拿著紅蘿蔔去餵牠們。最後，這對小白兔，隨著我的搬家轉學而留在……我紅著眼睛的回憶裡。

斯文秀氣的兔寶寶。

龍 飛天也神龍

五爪神龍天頂飛，
鱗光閃閃不見尾，
吞雲吐霧逐珠火，
送來新年換舊歲，
龍年雨水賣欠缺，
歸年透天福氣多。

基隆海洋廣場的燈神。

註釋：

- 龍：可唸成國語「寧」音。
- 鱗光：龍身上的鱗片閃閃發亮的意思。台語唸「難公」。難，短音輕唸。
- 天頂飛：形容在天上飛騰。
- 呑雲吐霧逐珠火：傳說中的龍都會出現在天上的雲霧裡，翻騰噴火、嬉耍並追逐著龍珠火球。
- 賣欠缺：不會缺少的意思。
- 歸年透天：整年、年頭到年尾的意思。

詩意聯想：

這「龍」，依編者個人認知，似乎不是真實存在的。但在東方民族、尤其在中國的文化歷史上、在我們的生活中，牠的形象圖騰卻是處處可見的。姑且不論「龍」的廬山真面是否如此，但從小到大，只要到廟宇，總會聽到大人們敘説有關「龍」的種種神話傳説。「龍」總活靈活現地在廟宇的屋頂飛簷、樑柱牆壁上。尤其各處的迎神賽會的長龍舞陣更可見其神話地位的一般。

所以，「龍」不論是否真有其物，但牠確實活生生的活在我們這東方民族的庶民生活文化之中了。

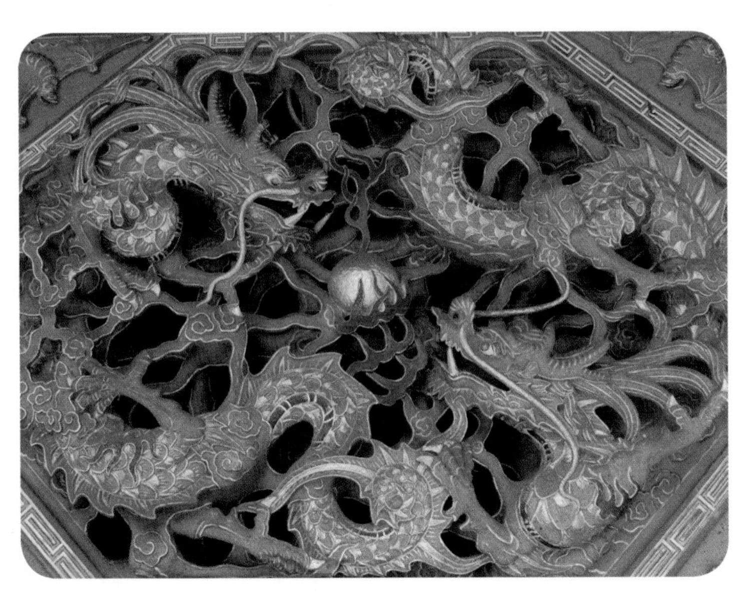

士林神農宮外牆上之雙龍搶珠浮雕。

蛇 金蛇之一

新春金蛇吐瑞氣，
嘴含神芝來報喜，
物靈人慈有情義，
蛇年平安厚福氣，
新年恭禧！萬事如意！

蛇兄蛇弟賀新年。

小西瓜說：「別擔心、別害怕！我可是從小看蛇長大的。」

註釋：

■ 吐瑞氣：吐著和藹祥瑞之氣。

■ 神芝：稀世罕見的靈芝。

■ 物靈：形容蛇其實是有靈性的。

金蛇之二

見蛇活活，
免驚免走。
見蛇水水，
賣逐賣打。
見蛇溜溜，
放生放走。
心肝仁慈，
福報穩到。

小西瓜（則謙）所畫的金蛇獻瑞。

註釋：

- 活活：意指有呼吸、會喘氣、能動、活生生的。
- 水水：漂亮的意思。
- 賣逐賣打：不要去驅逐追打。
- 溜溜：靈活的意思。

詩意聯想：

洪老師常說起，小時住在深山林裡，生活周遭常見各種蛇類。其實自古以來「蛇」向來被認為是不祥且可怕的毒物，所以山中人們不論老少、不分蛇之種類大小，見蛇必打。近世，因自然環境的人為破壞與改變，蛇已愈來愈少，所以洪老師有感萬物眾生皆有靈，及老天德化蒼生的恩澤與萬物衍生成長的不易，而生憐憫的勸世人應有悲憫珍惜物靈之心，故寫下本詩作。

讓我來解說一下「蛇」的世界吧！

馬年的好話

馬年馬仔ㄎㄡ ㄌㄡ
ㄎㄡ ㄌㄡ走，
載著錢爺送財斗，
報人知影新年到，
教人做人愛友孝，
講信重義人情厚，
福祿壽喜攏總到，
吉祥如意直到老，
ㄎㄡ ㄌㄡ

攝於台北市木柵動物園內的蒙古馬。

ㄎㄡ ㄌㄡ，
新年到！
ㄎㄡ ㄌㄡ
ㄎㄡ ㄌㄡ，
福氣到！

馬車上的公主與小王子們。

註釋：

■ 財斗：即古時之寶箱。專收置藏放私房金銀、珠寶首飾等貴重細軟、內有宮格暗鎖之高級木製斗箱或鐵盒，方形、長形、圓形皆有。大小則一尺、二尺見方或更大者。豪華者甚至在箱蓋面或箱角、邊稜包飾有金銀銅鐵鑲片。較近代者，則亦見有以硬厚皮革製者。其實「財斗」即為現之床頭櫃、保險櫃、保險箱或大如銀行之金庫器物。

■ 知影：知道、知曉。

■ 友孝：孝順。

■ 攏總到：通通、全部都到了、有了之意。

詩意聯想：

小時候曾有過情境夢想，希望能像馬兒一樣的恣意在鄉間田野或無垠的草原上奔騰馳騁。長大後，才慢慢體悟：其實真如馬兒，也不見得都可以自由自在的馳騁奔跑。因人一生能逐所願者總難得一、二，故平心知足即可。

攝於台北市木柵動物園。

羊 羊妹啊

羊妹啊！羊妹啊！愛吃草，

四腳山散真GĀU走，

雙角底底也燒觸，

跪列吃乳知友孝，

羊妹啊！羊妹啊！巧各GĀU，

看到主人也動頭，

妹！妹！

攝於士林芝山巖邊坡上之子羊跪乳社區文創布置。

註釋：

■羊妹：羊的台語。「羊妹啊」為取其叫聲而名，而非分雌雄。
■山散：瘦瘦的，瘦小的意思。
■燒觸：比喻羊互相以角牴鬥。
■動頭：點頭之意。「動」，唸英語Dom四聲。

詩意敘述：

其實在各種寓言或童話故事裡，羊兒總是被寫成乖直無辜但最後都能逢凶化吉地脫離危險與邪惡的弱勢者。因此幼年時，每讀到類此故事情節，總會警惕自己，凡遇有危難急事，應臨危不亂的以智慧及勇氣求生。至今，雖從事幼教工作，但這些經典故事，也一直讓我們引用以教導孩子們：善心雖好但為人處事要誠實正直、勇敢、堅強；遇到危險，不要驚慌哭啼、要冷靜的想辦法，才能獲得安全。

山羊家族。

猴 猴山啊

大班苡蓁畫的飛天猴子。

山頂一群猴，
坐列兵加走，
猴子尚界GĀU，
直直車笨斗。
樹頂一隻猴，
搬樹四假走，
頭殼有夠GĀU，
也港但石頭。
敬祝大家
猴年大吉！
新年恭禧！

註釋：

■兵加走：相互理毛抓蝨蝨。加走，跳蚤的台語。兵：一聲唸，翻面、翻找。

■尚界：「極」或「最」的意思。

■車笨斗：翻筋斗。

■也港佀石頭：也港，會對人家……之意。比喻猴的調皮個性，會對人丟擲樹枝、石頭。「港」，二聲輕長音唸。但，唸蛋，丟、擲的意思。

詩意聯想：

慧黠靈巧的猴子，據說是人類的近親，有社會群居生活模式。其行為反應、手足動作的技巧能力乍看之下，還真像極了兩、三歲孩子的人模人樣。

當然，牠也是十二生肖中最機靈、最調皮、會搗蛋的。如詩作所敘，猴子可是不怕生的會對著人群或動物丟擲小石塊或東西的、也有搶奪行人遊客或小孩手上東西的行為的紀錄，另也會扮鬼臉、齜牙咧嘴嚇唬人或轉身擺出紅屁股，再一溜煙爬上樹，而留下一臉驚惶的你。

攝於台北市木柵動物園。

雞 金雞拜年

ㄠ、ㄠ、ㄠ、ㄠ、ㄠ、ㄠ，
古姑古、古姑古，
雞啼叫恭禧，
祝人大吉利，
萬事攏順序愛人大賺錢，
雞年雞啼，大吉大利！
雞年雞啼，新年恭禧！
（ㄠㄠㄠ、ㄠㄠㄠ）

（身體先站直立正，再以兩手拍擊腿側發出聲響，以形喻大公雞啼叫前，鼓翅之動作）

雄赳赳、氣昂昂的大公雞。攝於台北市明倫國小內紙風車台灣動物昆蟲創意展。

註釋：

- 古姑古：大公雞之啼叫聲。
- 萬事攏順序：比喻凡事都順當如意。
- 愛人大賺錢：「愛人……」，盼望、期盼、希望人家如何如何的意思。意即喜歡大家都賺大錢或多賺錢。

詩意回憶：

洪老師小時家裡也有養雞，都是成群放著自由走動覓食（鄰居誰家幾隻、幾公幾母、全都互相知道）。黃昏或夜晚前，再呼回圈護在大雞籠裡，第二天又再放出。印象中，每個雞群必有一隻雄赳赳氣昂昂的大公雞，是雞群中的首領，也是家中的「報時雞」。每天拂曉前，總會依慣如時的啼叫人們起床農務。

在大人農忙時，小孩子們偶會尋找撿拾鄰人家自行覓巢下蛋的母雞所下的新蛋，以換取糖果（母雞每下出新蛋，必會呱呱大叫，昭告大家：我生蛋了）。據洪老師回憶：小時常見母雞帶著小雞在土堆裡爪耙翻啄蟲兒，再輕嗝呼叫小雞來食，及遇下雨或有危警時，將小小雞隻窩護在翅膀下的畫面。

攝於台北市明倫國小內紙風車台灣動物昆蟲創意展。

狗 大耳狗

大耳狗仔大耳狗，
搖頭拌耳四假走，
匹東匹西直搖頭，
舉腳泉尿尚界GĀU，
弄雞趕鴨專出頭，
都著貓啊逐列走，
走加舌吐嘴涎流。

小班幼兒翊寬畫的大耳狗。

註釋：

■ 大耳狗：意指耳朵下垂、又長又大的狗。
■ 拌耳：耳朵搖擺甩動的樣子。形容大耳朵的狗走路時，搖頭晃腦的兩片耳朵甩來甩去的傻模樣。
■ 匹東匹西：形容狗聞東聞西、嗅來嗅去的樣子。
■ 舉腳泉尿：形容狗抬腳灑尿的意思。
■ 尚界GĀU：最厲害。
■ 專出頭：淘氣好玩、點子名堂、詭計、噱頭很多的意思。
■ 都著：碰到的意思。
■ 逐列走：追逐著跑、追逐著玩的意思。

小班孩子圖繪的大耳朵狗的家族。

十一狗

忠心看門顧厝後，
各也陪主巡田頭，
馬也娶人過路口，
尚界忠心十一狗。

主人，您放心出去吧！
我會好好的看著家門等
您回來的。

註釋：

■ 顧厝後：不只看守前門，也會顧著後院的意思。
■ 巡田頭：陪主人巡守莊園、菓園、農田。
■ 娶人過路口：會帶盲老或殘障過馬路。
■ 尚界：意為最、極、至之意。

詩意感想：

從小，我就喜歡狗，而且好像與「狗」特別有緣。

記得小學一年級時，校工伯伯養的母狗生了一窩小狗，黑、黃、白、花都有。老師問同學有沒有人要養，當天，我就很高興的抱了一隻回家。至今已陸陸續續的養了幾隻，養狗經驗也有幾十年了。之中，就為了養狗，還常翻閱尋找有關「犬類」的書籍資料；想研究、了解牠們從「狼」到被人馴養成忠心的「家犬」的原因。雖然牠們無法言語，但從牠們搖尾望著主人的眼神，就能知人畜之間的關係，奇妙不？

小班幼兒旻澔所畫一群遊戲的狗狗。

金豬

豬

新正年頭舊年尾，
十二生相排做伙；
愛睏重吃也尚路尾，
胃口賣揀好做伙，
搧耳路癢那搖尾，
圓圓肥肥客做伙，
買吃麥大活百歲。

吃飽了睡，睡飽又吃，好夢正憩。

註釋：

- 新正年頭舊年尾：新年雖到，但舊歲的感覺仍在。
- 生相：生肖。
- 排做伙：排在一起。
- 尚路尾：意謂「豬」的生肖排序是最後一位。
- 胃口賣揀好做伙：賣揀，不挑之意。指豬的胃口很好，不挑食又好相處。
- 癢：可唸「韮」加ㄥ聲帶有鼻音之唸法。
- 路癢：倚欄貼牆或靠著物體摩擦止癢的動作。
- 那搖尾：不停的搖著尾巴的意思。
- 客做伙：相互依偎、擠靠在一起。
- 買吃麥大活百歲：意為愛吃但不要長大，以免因肥大而被販宰。

存零錢儲蓄是好習慣。把豬公撲滿養得肥肥的，可以買書、買文具，還能捐助幫忙貧窮又有需要的人。

詩意記敘：

「豬」在十二生肖中敬陪末座，但能擠列榜中也玄奇。

西遊記書中的天蓬元帥豬八戒，雖然仍有著「豬」好吃懶做又好色的特質習性，但在唐三藏與猴子師兄的點化中，也漸悟道而有了靈性慧心，最後還齊心與師兄弟們一起完成保護師父取經的使命。因此，在這膾炙人口的西遊記裡，其詼諧又逗趣的人模人樣，還真讓「豬」的地位大大的提升了。其實豬的好處、妙處、用處，可多著呢！因牠的皮肉毛髮、蹄甲糞便等全身內外皆可用之外，其名還可拿來罵人的，不是嗎？

其實想想：豬，並不笨，只是大智若愚罷了，有扮豬吃老虎、豬有龍相的俚語可證！

生活意象

本生活意象篇包羅萬象，
它有著許許多多人、地、事、物、
情景、意境的描寫涵喻，
知性感性、智慧幽默兼具……。

曾文水庫一景。

台灣

台灣風景真成水，
山嶺真高真厚水，
樹木真多各青翠，
水花芳草四給開，
水菓青菜攏照時，
人人好心各客氣，
台灣台灣真正水。

註釋：

- 真成水：即真美麗的意思。「水」，為破音双唸。一、四、七句發（ㄙ），二、五句發（ㄗ）。
- 真厚水：形容雨水極豐沛。
- 水菓青菜攏照時：形容台灣的天時地利極好，環境條件絕佳，風調雨順的水足土肥。故蔬菓皆照時序生長、成熟、出產。
- 真正水：真正美麗的意思。為強調、肯定詞意，本句之「正」字以重音、四聲唸。

詩意聯想：

也曾經走訪過不少國家的我，每到一個地方，雖也會驚豔於他國文化的異域風情，也會讚嘆一些自然奇景的鬼斧神工。但沒想到內心深藏最多的美景竟是台灣。這片土地的自然景致、風土民情及多樣的庶民生活文化樣相，在在讓我刻骨難忘。在我內心深處，有著這土地特有的芳香。

二十多年來，因服務的幼稚園地教育理念及做教方式的特殊，致常帶著成群的幼齡孩子，由北到南的遠距教學活動，而更體會到這塊孕育著我們的土地──台灣的美好。其實身為台灣人是幸福的，所以凡生立此寶島的人，皆應早早省思體悟：為著我們的子孫後代整理擘劃、經營保護這島嶼，以讓天賜的自然美景、環境生態永世長存。

我阿公種的蔬菜種類多又好吃。

春天花開

春天溫暖花開時，
歸園花蕊滿滿是，
五顏六色哪胭脂，
蜜蜂蚜阿四給味，
賞花看草正著時。

花仙子來澆花了。

讓孩子們親自栽種的教案設計，是每年春季，孩子們最喜歡的、可認識生物自然、觀察體會生命成長的課程。

春神的法力實在神奇高妙，能讓花兒各展其姿、各競其豔的開展得如此迷人。

註釋：

■ 歸園：整片或整個花園。

■ 五顏六色：形容花朵顏色的繽紛。

■ 胭脂：口紅。

■ 蜜蜂、蚵阿、四給味：意謂蜜蜂、蝴蝶穿梭於花叢花朵中，忙著啜吮採蜜，而且又像在玩捉迷藏的樣子。

■ 蚵阿：蝴蝶之台語。

■ 四給味：四給，到處。味，台語「米」四聲唸。躲藏之意。

■ 賞花看草正著時：正是賞花看草的好時節。

詩意記敘：

每年三、四月春暖花開時，除常會帶著孩子們到處走看、沐浴小陽春氣息外，更會在園裡讓孩子們種花、種菜比賽，以教知幼小們認識四時自然的變化及體會生態、珍惜生命的教育。

落雨天 之一

天烏烏，買落雨，
烏天暗地真恐怖，
雷公夕那歹各惡，
草笠油傘麥擋雨，
歸街大水行無路。

下雨天真好！
可藉機穿上雨鞋撐傘玩水。

註釋：

■ 夕那：閃電。

■ 油傘：古製浸油塗臘之手工紙傘，現應已絕產，工法應也絕傳。

■ 麥擋雨：「麥」字。不能、不會的意思。意為雨勢很大，傘、笠都擋不住。

■ 歸街大水行無路：意為因雨大積水而看不著路走。

詩意回憶：

初夏開始，山上鄉間都會有午後雷陣雨（其實城市也有），凡遇此情景，成人大都不能外出工作，孩子們也無法在戶外玩耍，只能避在家裡或倚在庭院門柱旁、屋簷下，聽雨發楞或乾脆淋雨光腳玩水；所以「雨」或「雨天」對於多愁善感、情懷別具的人，總會有著特別的愁思感懷。附圖即洪老師位於嘉義瑞峰生毛樹現仍完好之一百六十年古厝（有官署頒立之起建年代牌文）。它有著洪老師幼時最喜歡依憑聽雨、觀水發怔的屋簷樑柱。

圖為洪老師先輩故居，目前仍有洪式後代子孫在此居住。古厝起造於清朝同治年間，屋址於嘉義縣梅山鄉峰村生毛樹。

落雨天之二

落大雨，透大風，
烏天暗地丹雷公，
歸路積水行賣通，
歸路行賣通，
身軀阿加淡鹿鹿，
歸身淡鹿鹿，
哈啾！哈啾！刷感冒。

本件小蓑衣攝於嘉義縣中埔鄉，洪老師蔡姓友人的豐山生態菓園中。

下雨天真好！有時只是為了好奇的可穿雨衣、雨鞋和撐傘玩水。

註釋：

■ 烏天暗地丹雷公：丹，音同姓氏「陳」之台語平聲輕唸。鳴響的意思。指烏雲密布，迅雷猛響。

■ 歸路積水行賣通：意指雨勢又急又大，街道瞬間都積滿了水，無法行走、無路可走。

■ 身軀阿加淡鹿鹿：阿加，淋得……之意。形容被雨淋得全身溼漉漉的樣子。

■ 刷：介詞。就、是、即、這麼、這樣的意思。

詩意聯想：

雨天，對單純的孩子而言，等於是不能外出追趕跑跳碰的玩耍。但與其望著窗外的滴答發愁，不如轉化成另一種心情來看「雨」。所以我們常告訴孩子們偶爾的下雨也很好，而且教導他們知道「雨天」的原理及欣賞雨滴、雨聲的美或雨天、雨水對自然環境、眾生萬物的好處與需要。如：森林泥土、樹木花草及蟲魚鳥獸皆需雨水的滋潤灌溉，才能成長茁壯或生存。

石頭

石頭壳、石頭壳，
重塊塊各頂壳壳，
起厝造橋兼帖路，
大粒小粒在你落，
圓長尖扁隨你鋪。

海邊礫群相石。

註釋：

- ■ 壳：唸「KO」四聲。
- ■ 重塊塊各頂壳壳：形容石頭的重又硬。重塊塊的「塊」字，為國語帶有ㄥ聲鼻音的一聲唸法。
- ■ 起厝：蓋房子。
- ■ 帖路：以石頭墊底，再覆土鋪路。
- ■ 大粒小粒隨你落，圓長尖扁在你鋪：意為不拘形狀大小、隨你堆疊擺置。

詩意記敘：

「石頭」給人的感覺是神祕、讓人震懾、無話可說、無言以對、不易移動又確實存在的東西物體。在常知見聞裡，如：埃及金字塔的堆疊石塊及世界各地的古蹟陣列巨石及高棉吳哥窟的神廟砌石或各處海岸邊上大小不一、繁不勝數的石群。有的可能已飽經風霜的屹立彼處千億萬年了。例如：野柳女王頭、澎湖的望夫石等形狀奇突、有著淒美哀怨神話故事的巨石。

因此，每到海邊，見著波波海水湧淹群石及大浪沖擊崖壁的情景，總覺「凡人」之生命與「硬石」相比，實在短暫渺小脆弱得多了。所以吾人生命雖短，但有感覺情緒及智慧與情懷。反觀石頭，外形長相雖各有崢嶸奇特、渾圓厚實不同且看似無知，但卻堅硬固執得表裡一致，故在短促的人生歲月裡，凡人實應珍惜時刻分秒的聚敘情緣與福分的。

阿里山公路上的坍塌落石。

皮加肉（皮膚）

人的身軀有皮肉，
有也硬硬麻有粗刮刮，
無論幼咪咪啊是軟爬爬，
攏也感覺燒冷寒。
天氣那寒也冷剉，
衫那穿多也流汗，
實在奇妙皮加肉。

中班孩子遠距活動——外宿三芝小築屋。
泡在石製溫泉池子裡的小男生。

註釋：

■有也硬硬麻有粗刮刮，無論幼咪咪啊是軟爬爬：形容人的皮肉各有柔軟結實或粗糙細嫩的不同。

■攏也感覺燒冷寒：都會感覺溫熱、涼冷。

■天氣那寒也冷剉：「剉」，抽搐、顫抖。意指冷到發抖。

詩意感想：

在多年的幼教實務工作中，多見著了家長在孩子們外表儀容整理與衣服穿著打扮上的觀念與愛好，而聯想到本詩作之意涵。其實衣著之功能除蔽體保暖外，還是要穿出禮貌教養與健康的。

其實，素淡典雅的穿著、彬彬有禮的態度，能予人美好的觀感及印象，也易搏得和藹友善及鼓勵讚美的眼神與目光的。所以從小養成的、正確的、良好的儀容禮節觀念及外表的打扮整理習慣，可是會影響孩子們的心理成長與自知自信的建立的。

中班孩子遠距活動——外宿三芝小築屋。泡在石製溫泉池子裡的小女生。

耳啊

耳啊、耳啊真稀奇，
一邊一蕊那木耳，
有厚有薄真厝味，
人那講話聽細膩，
雷公那丹緊遮耳。

（台語）兩位雙生四支嘴，耳孔永遠聽賣離。

註釋：

■ 耳啊：耳朵之台語。發「Hi」聲、加帶有ㄥ音之鼻音的唸法。

■ 一邊一蕊那木耳：形容耳朵掛於頭臉雙側，一邊一朵好似「木耳」的樣子。蕊，朵的意思。

■ 有厚有薄真唇味：形容耳朵各有大小厚薄的形狀不同，人人各異。唇味：真好玩、真有趣。

■ 聽細膩：細膩，小心、仔細或客氣的意思。意為仔細聽。

■ 雷公那丹緊遮耳：意為遇有閃電打雷時，應趕緊用手掩摀耳朵。丹，音同台語姓氏「陳」，鳴響之意。

詩意回憶：

其實，每個孩子都會、也有過拉耳朵、吐舌頭、扮鬼臉的動作。洪老師說：小時常受命幫忙剝花生時，喜玩用半開之花生殼夾耳垂、眼皮的遊戲。另也流行與友伴玩耍遊戲時，會以彈耳朵的方式為罰，輸的一方，常常耳朵紅腫或痛得眼淚直流的哇哇大叫，可是卻又樂此不疲的百玩不厭。

又，大人也會教導孩子，遇有閃電要趕緊掩摀耳朵並張開嘴巴以抵消貫耳雷聲。還有許多大欺小、大人騙小孩的耳趣兒戲，至今難忘。

聽說把耳朵拉大拉長，別人講話或聲音會聽得清楚些。

電動汽車

爬坎落崎靠四輪，
吃油吃水攏毋免，
橫行直撞兼兵連；
各種功夫直直展，
直直展啊直直展，
摔甲四腳恐翹剩一輪。

些些玩具拼片或一部小車子，即可讓一群孩子們樂此不疲、吱喳不停的開個國際會議了。

玩具永遠是孩子目光的焦點。尤其是小男生與車子、小女生與洋娃娃。

註釋：

- 爬坎落崎靠四輪：形容車子的上坡下坡，都是靠著四個輪子在行動的。
- 吃油吃水攏毋免：意指小玩具車所有的功能動作與動力，是使用電池或機械原理而不必添水加油的。毋免，不要、不必的意思。
- 橫行直撞兼乓連，各種功夫直直展：形容玩具車的前進後退、翻滾衝撞、奔跑迴繞的展露性能技巧與功夫。乓連，翻滾的意思。
- 摔甲四腳恐翹剩一輪：恐翹：四腳朝天的樣子。形容玩具車在盡情展露功夫時，忽然摔跌得四腳朝天的只剩下一個輪子地支離破碎樣子。

詩意感想：

「玩具」幾乎是每個小孩子，成長過程中最重要的玩伴。也是從不頂嘴發脾氣的好朋友。其實「玩具」就是「童年」的代名詞。

生於民國六〇年代的我，雖然是女生，但記憶中，小時也曾玩過自己用火柴盒做的小車子。貼貼輪子、畫些人再剪個司機、新郎、新娘。乘客則大人小孩皆有，想要幾個就畫剪幾個。在年幼的世界裡，這些都是好奇的天性及童稚玩心的展露呢！

沒想到時世移易，現代的孩子，玩具的種類功能與花樣，可是愈來愈新穎又新奇。尤其是益智性的玩具，琳瑯滿目的更滿足了孩子的好奇與玩性，也刺激啟迪了孩子們的童心與智慧，只是不知有無助益了孩子在善美情懷與品格道德上的正面成長？

還是我的比較厲害。

火金姑

火金姑、
火金姑，
頭殼紅紅身軀黑，
腳撐有火也照路。

天黑前提早飛出來的螢火蟲。

三峽．皇后鎮森林館看螢火蟲。

註釋：

■ 火金姑：螢火蟲的台語。

■ 腳撐：尾部、屁股、臀部的意思。

詩意回憶：

對我來講，螢火蟲是種神奇又美麗的昆蟲，因為牠能在黑夜裡閃閃發亮的飛翔遊動。

記得小時，每年四、五月的黃昏或夜晚，爸爸、媽媽常會帶著我和弟妹們到士林近郊或山上找螢火蟲。如：外雙溪、內湖淺近山上的草叢裡都可看到牠們。有時還會將蟲兒撈在手心裡，再從指縫中瞇眼瞄瞧、輕吻寄語之後再放飛。至今，那小小蟲兒飛離掌心的甜美感覺，仍未消逝呢！

據謂：這螢火蟲的生長環境，需要非常潔淨的水源與空氣及土壤，眼看現在台灣各地，在鼓吹賞螢的民粹標題觀光活動中，這奇妙的夜蟲兒已愈來愈少了。我們是否應急切省思蟲兒漸少的原因及保護之道，以免將來子幼後代無螢可賞？

鹿仔角

鹿角鹿角發頭殼，
冤家相打角都角，
觸啊觸、觸啊觸，
觸甲暈暈歹頭殼。

感謝七堵金明昌鹿園提供攝照。

剛被截切新生鹿角的公鹿，似極無助的在瞪望著你，真想問牠痛否？

不知長頸鹿和鹿有否親緣關係，但還是有點羨慕這長腳斑鹿能有高遠視野。

註釋：

- 鹿仔角：鹿頭上的長角。
- 鹿角發頭殼：角長在頭上的意思。
- 冤家相打角都角：意為鹿以叉角相互頂牴鬥玩鬧。冤家：吵架的意思。
- 觸啊觸：頂過來、抵過去的意思。「觸」為舌頂上顎發「打」之短促音。
- 觸甲暈暈歹頭殼：意謂頂牴碰撞的鬥到頭昏腦脹、兩敗俱傷。

詩意回憶：

洪老師說：小時候在阿里山的深山林裡，清晨常見成群「水鹿」在溪邊喝水、吼叫逐鬧。除吃過鹿肉外，也見過大人以剛切下、仍在滴血的鹿茸浸泡藥酒或燉藥進補，也還見過鑼鼓隊用公鹿之大角所做的叉腰鼓架呢！

鯨魚

海翁海翁真稀奇，
加海當做游泳池，
浮身噴水兼喘氣，
吞蝦吃水各配魚，
自由自在四給去，
海翁海翁了不起。

中班羽庭小朋友所繪的肥噴水鯨魚。

中班妍妮小朋友所繪的彩色鯨魚。

註釋：

■ 海翁：鯨魚的台稱。台語唸「海尢」。
■ 加海當做游泳池：把大海當作游泳池。
■ 浮身噴水兼喘氣：利用浮出水面時，以噴水來換氣呼吸。

詩意感想：

鯨魚在我的知識印象裡，牠是溫和的海中巨獸、了不起的動物。但因地球環境的惡化及人類的濫捕，致其生存環境惡化，量少體小而瀕危。心想，貪婪嗜吃又無知的人們，若再不節制保護，後代子孫們將會見不到牠們的蹤影了。

另，有些鯨魚也有海豚聰穎靈巧可愛的表演（如：黑白相間的虎鯨），也一直是小朋友百看不厭的節目。因此每年秋季的野柳海洋世界遠足，是孩子們最期待的大事。

據說海豚與鯨皆是智商極高的水生哺乳動物。牠們真的聰明慧黠、動作靈巧、能解人意。除會跳圈圈、頂皮球、頸套呼拉圈、魚躍跳高等娛人雜技外，還會發聲唱歌、算算術呢！

暗公鳥

暗公鳥、暗公鳥，
日時味列暗時走，
歸暝找吃四給走，
為著找伴直直號，
暗公叫啊暗光叫，
請你休睏麥擱號。

苗栗獅潭動物中途之家所照護的貓頭鷹。

註釋：

- 暗光鳥：「鳥」音「叫」。「光」音「拱」，台語有忙碌或茫無目的地遊逛之意。泛指夜間活動的鳥類。
- 日時味列暗時走：味列，躲著之意。指白天躲著，晚上才出來活動的意思。
- 歸暝找吃四給走：為了覓食，整晚四處飛走活動。

詩意回憶：

本書所指的「暗公鳥」，依作者小時山居生活所聽聞，係泛指所有夜行性之鳥類。所以圖中的貓頭鷹亦是「暗公鳥」。據洪老師口述回憶：他幼年山居生活（阿里山的深山林裡），夜晚睡眠時常聽到、從未見過、也不知名的鳥叫，長輩們也都以牠們的叫聲（音節極長的複音），告訴孩子有關「暗公鳥」有情有義但可憐的古老故事，並在傳說的想像中入眠。此鳥叫聲：（台語）公孫公來吃燒酒喔！公孫公來吃燒酒喔！

苗栗獅潭的動物中途之家所設，有專門收容照料離巢迷途或受傷的各種鳥類及貓頭鷹之救護站。

幼兒興高彩烈的觀賞著
各式各樣的盤子。

盤仔

柴盤、鐵盤、輝仔盤，
長盤、圓盤、四角盤；
底飯、底菜、底糖仔餅，
盤仔、盤仔不是碗。

註釋：

■ 柴盤：木製的盤子。
■ 輝仔盤：陶瓷的盤子。
■ 底飯、底菜：盛飯、裝菜之意。
■ 糖仔餅：糖果、餅乾。

詩意敘述：

這篇詩作，是洪老師憶及小時，日常生活所見之各式盛裝食物之碗碟杯盤等器皿，淺簡的以形喻物來教知孩子認識分辨。

為拍盤子的圖照，特帶著孩子們到市場走看尋找。沒想到，居然看到擺著各式各樣花色圖案美麗、外型奇特的陶瓷杯盤攤子。賣盤子的老闆也沒啥特別吆喝的，就有許多婆婆媽媽們，爭先恐後的在選購。而且客人們一看到大群小孩子出現時，還會自動讓出一小角落給我們，並不停的對著我們拍照。而身為老師的我，看著這些燒畫漂亮、精美又價廉的杯盤碗碟，也禁不住的買了幾個呢！

比手劃腳指出家中同樣的盤子。

做壽司

飯米白白芳擱水，
蛋皮醃瓜加諾利，
魚附肉酥滲豆幾，
包包絞絞捲圓圓，
各配紫薑哇沙味，
一嘴一塊好滋味。

遠足野柳海洋世界，享用媽媽自捲壽司午餐。

註釋：

- 芳擱水：意指煮熟的飯粒飽實碩大，雪白的又溢著米飯的芳香。
- 諾利：海苔之日語。此指包捲飯團的海苔張皮。
- 加：台語的「咬」，重音一聲唸。絞捲的意思。
- 魚附：魚鬆。
- 肉酥：肉鬆。
- 滲：「和」的意思。
- 豆幾：紅色的、乾的、類似細小麵條之甜味食品。一般中、日式便當盒餐配菜可見。
- 各：還有的意思。

詩意回想：

米食文化民族的我們，因曾受日據及地理環境與食材條件所成的飲食文化，而有日式壽司食習。這適胃米食品幾可說無人不愛、人人曾嚐。尤其在帶孩子旅遊遠足時，是我們建議家長為孩子備餐之首選。其實，米飯便當對孩子們的胃口、口味最合適。除給孩子們飽足口感外，尚可享受與同學、老師互相交換分食的好奇快樂呢！

我最愛吃阿嬤做的、可手拿著的、圓圓的小壽司了。

卵是甚麼？
卵殼 卵仁加卵清

卵殼頂頂尖各圓，
包著卵仁甲卵清，
卵仁黃黃哪甘阿糖；
卵清水水 半透明，
煎炒炊煮在你應，
麻也塞理浸做皮蛋甲滷蛋。

比較識別教學中，孩子們正在觀賞著各種大小不一樣的蛋。

註釋：

■ 卵殼頂頂尖各圓：蛋殼硬硬的一頭較尖、另一頭則為圓鈍的。

■ 包著卵仁甲卵清：卵仁，蛋黃。卵清，蛋白。意謂：蛋中有蛋黃與蛋白。

■ 卵仁黃黃哪甘阿糖：「蛋黃」好像古早時候，外沾細砂糖粒、有著各種顏色之小圓糖果球。

■ 煎炒炊煮在你應：不論煎、炒、蒸、煮，都隨自己的口味及喜愛的方式來料理。「應」，用的台語。

■ 麻也塞理：也是可以的意思。

詩意回想：

「蛋」，台語「能」（輕聲短音）。是我們日常生活中，最普通、最營養的食物。其料理方式萬千且可生食。幾乎人人皆食、口味不忌。

本詩作，讓洪老師憶及小時，自家所養的雞禽鴨鵝及揀拾新蛋置放在米缸或米糠堆中保溫，再集中等待母雞孵化的往事。

另也憶及：小時幫鄰家母雞撿拾剛產出體外之猶溫新卵，換取糖果之往事。且永遠也不會忘記小時，便當中的菜脯蛋。還有幫感冒翻白眼的雞隻，塞餵朝天椒的往事及母雞在雞窩抱蛋孵雞的樣子。

好吃的皮蛋。

雞卵

雞卵雞卵底歸籃，
粒粒圓圓鍾各尖，
煎炒炊滷無人嫌，
貢破刷變爛膏黏。

聽說做蛋糕也會用到蛋。

註釋：

■ 底歸籃：裝滿整籃子的意思。

■ 錘各尖：形容每顆蛋都一樣，一頭圓鈍另一頭尖尖的。

■ 煎炒炊滷無人嫌：形容蛋的料理，不論煎炒、蒸滷，都有人愛吃。

■ 貢破刷變爛膏黏：形容蛋不小心摔破後的糊爛樣子。

詩意回想：

讀國中時，每天五點半起床，要搭一個小時的公車上學。最難熬的就是有雨又溼冷灰濛的冬天清晨，一個人背著書包孤獨候車。唯一讓我感覺溫暖的就是：媽媽為我準備的一顆餘溫猶存的水煮蛋，握在手心上的溫熱感覺，讓人忘卻所有寒冷。

煎蛋、炒蛋、滷蛋，我都喜歡吃。

吃水菓

你食桃啊我吃李，
桃啊李啊攏有籽，
絞汁吃肉隨在你；
刷鹽閰糖看自己，
削皮生吃出在伊。

多吃水菓，有益健康喔！

秀福貴妃掛滿樹，粒粒紅似琉璃珠，大手小手搶摘嚐，荔中極品真口福。

註釋：

- 籽：音：記。子、實之意。
- 絞汁：打成菓汁的意思。
- 刷鹽：散撒鹽巴。
- 問糖：沾糖之意。
- 伊：台語「他」的意思。

詩意敘述：

台灣真是個地理環境、生長條件得天獨厚的島嶼。四季冷熱分明、水足土肥的盛產著各種各樣的水菓，且又四季各有不同的出產。多年來，每到夏季，總會想起好友的菓園——嘉義秀福農莊。想念著那長年不絕、掛滿整園菓樹的橙、柚、荔、柿，以及菓熟時節，讓人垂涎的現摘鮮嚐，真是別有滋味在心頭！尤其荔枝成熟時，串串纍纍的火紅酸甜，更能體會到為什麼楊貴妃這麼獨鍾荔枝的原因了。秀福農莊季夏盛產貴妃的荔枝，確實別具風味。何其有幸，編者年年皆能帶著成群幼兒南下，樹下現摘現嚐呢！

其實嚐荔之餘，總心嚮往——何生何世能隱花叢菓林，隨時嚐得花蜜菓露。

媽媽說，台灣的水菓，比日本多又好吃，生活在水菓王國的台灣，真幸福。
圖中為日籍幼兒，正在享用水菓。

水菓擔

問：頭家頭家賣啥貨？
答：楊桃、旺來甲西瓜
問：香蕉拔啦按怎賣？
答：一元二布袋。
和：真便宜、真便宜，
人客、人客緊來買！

水菓攤前，一群幫忙叫賣的孩子！

註釋：

- 頭家：老闆。
- 賣啥貨：販賣什麼東西？
- 旺來：鳳梨。
- 拔啦：芭樂。
- 按怎賣：斤兩價錢怎麼計算？
- 人客、人客緊來買：喊叫客人快來買。

詩意聯想：

台灣早期農村生活（約莫民國三、四十年代），民風純樸、物產豐饒、鈔額小但幣值大又穩定，才會有「一元二布袋」的價格物。由此不難體會當時社會的承平，庶民生活安和樂利的樣相。

還是現採的荔枝風味好。

水菓籽

（以籽音押韻，
影射物體外表形容，
含有機智鬪嘴之意）

王來歸身專肚才，
西瓜剖平那想杯，
芎蕉曲曲北肚腰，
葡萄歸懸黑羅羅，
柑阿黃黃肉酸酸，
拔啦卻卻專專籽，
（開始鬪嘴）

比賽看誰認識的水菓多。

色騎馬有籽，
乃基馬有籽，
期啊馬有籽，
水蜜桃馬有籽，
柑阿蜜馬有籽，
查某李阿馬有籽，
李啊、桃啊馬有籽，
金瓜、冬瓜、菜瓜、茄子馬有籽，
木瓜想坐籽，
葡萄密各卡坐籽；
阮爸爸底做警察，伊也槍有槍籽。
阮媽媽公阮阿舅弟買娶新娘，
最近攏底看日子。

深秋紅柿滿園的秀福農莊。

阮阿叔爹做兵，
伊也面專條啊子。
阮阿嬤也手種頭仔，
馬有掛手籽。
好啊！攏賣各吵啊，
真坐水菓攏有籽，
我的面裡馬有一粒籽。

一群幼齡孩子在嘉義秀福農莊掛滿火紅的荔枝樹下。

註釋：

- 王來歸身專肚才：形容鳳梨外表滿滿的、像是人的肚臍的孔洞。
- 西瓜剖平那想杯：形容西瓜切半後，像大聖筊。
- 芎蕉曲曲北肚腰：香蕉彎曲的形狀，好像人餓了，肚子餓得凹扁的模樣。
- 葡萄歸懸黑羅羅：形容葡萄整串顏色紫黑。羅羅，渾暗不清之意。
- 柑阿：橘子。
- 拔啦卻卻專專籽：芭樂脆脆的，裡面都是籽。
- 色騎：釋迦。
- 馬有籽：也有籽。
- 乃基：荔枝。
- 期啊：柿子。
- 柑阿蜜：番茄。
- 查某李阿：奇異菓。
- 木瓜想坐籽：木瓜最多籽。
- 葡萄密各卡坐籽：菠蘿蜜更多籽。
- 阮爸爸底做警察，伊也槍有槍子：我的爸爸是警察，他的槍也有子彈。
- 阮媽媽公阮阿舅弟買娶新娘，最近攏底看日子：我媽媽說：舅舅快要結婚了，最近都在看娶新娘的日子。
- 阮阿叔爹做兵，伊也面專條啊子：我的叔叔在當兵，他的臉上長滿青春痘。
- 阮阿嬤也手種頭啊，馬有掛手籽：手籽，戒指。指阿嬤的手指上也有戴著戒指的意思。
- 真坐水菓攏有籽：很多水菓都有籽。
- 我的面裡馬有一粒籽：意為大家不要再爭吵，很多水菓都有籽，並意有所指的說：「我的臉上也有一顆痣」，

但此「痣」非彼籽。

詩意敘述：

本篇童謠係取菓實之「籽」（台語音：記）音來押韻創作。首句，以鳳梨、西瓜、香蕉、葡萄、橘子的形表切入。中段則隨興列舉芭樂、釋迦、荔枝等多種水菓亦皆有籽子而開始鬥嘴。你一言我一語的爭論競口什麼水菓有籽或最多籽。到最後，連警槍的「子彈」、娶新娘擇喜日的「日子」、阿嬤手指頭上的「戒指」都講出來。尾句再以此痣非彼「子」的詼諧、幽默的語氣帶出孩子臉上的那顆「痣」，令人不覺莞爾。

嘉義文化路夜市水菓攤的「柑阿蜜」。

蔴糬

蔴糬、蔴糬捨圓圓，
軟軟ＱＱ芳各甜，
吃奇勤儉也黏錢，
吃雙有緣結連理。

大家常一起吃蔴糬，好朋友的情誼就會永遠黏在一起不會變心分離。

註釋：

■ 捨圓圓：「捨」台語，搓、揉的意思；意謂搓揉成圓圓粒粒狀。

■ 吃奇勤儉會黏錢，吃雙有緣結連理：奇，音KIA，單數、奇數的意思。

■ 在些許地方古俗中，女孩子從小即被示以逢年過節或出外作客，在取物進食或收受贈與中，對有特定意涵之食品物件，必取雙。尤以情侶需忌單，以討吉祥。因此本句有寄意表情、祈福許願之意。

詩意聯想：

在我最原始的記憶裡，三歲，就有「蔴糬」的印象。因為小時延平北路的住家，每傍晚約四、五點，就會有各種不同的小吃推車入巷叫賣，有豆花、麵茶、臭豆腐、豬血湯……等。當然還有最吸引小孩子的「蔴糬伯」推車。

蔴糬伯的車上還插有許多捏麵人偶，但只送不賣。那沾有花生粉及細砂糖粉，讓人口齒留香的Q軟蔴糬，令我百般回味。

高中畢業後，還曾在台北的南陽補習街見過這賣蔴糬的阿伯，之後，這滿臉滄桑、皺紋滿布的蔴糬伯就沒再出現過。至今，每吃蔴糬總帶懸念的好像少了什麼味兒似的。

聽說，愛吃甜甜、QQ的蔴糬地女孩子，日後必能找到聰明帥氣嘴巴甜、貼心聽話又黏人的如意郎君。

灶腳之一

（古時廚房生活憶舊口謠）

柴塊草茵疊歸山，
蒜頭蕃麥吊歸串，
菜頭蕃薯囤土腳，
水若買滾的添柴，
大人煮吃站遠看，
灶邊火燒呣湯偎。

（辛卯孟秋　作）

現仍有在炊煮使用的古早型土灶，在嘉義縣大埔鄉山區人家。

註釋：

■ 灶腳：亦即廚房。古時生火炊煮備餐兼飯飲的場所。

■ 柴塊：為古時炊煮所用、較大塊之木頭燃材。係長年囤積儲備之鋸短的乾粗木頭或剖細之木板、木條、木塊（此家戶皆有之乾木柴堆，最易引蛇窩居。所以大人經常告誡：柴堆莫近、勿翻）。

■ 草茵：古時，為生火時容易點燃或用以引火之乾草束。

■ 土腳：地上之意。

■ 買滾：水、湯快要開了，或表示要讓水、湯快一點開，就要……的意思。

■ 嘸湯偎：不要靠近的意思。

古時，戶戶家家的灶都不一樣，尤其跟現代的更不一樣。由圖可見：以前阿嬤、媽媽、姊妹及下女傭人們，在灶腳工作的辛苦！

詩意感想：

廚房是早期農耕社會中，女人的地盤，也是女性的工作場所及生活重心。印象中，孩子的我們，想找媽媽，只要往廚房或往廚房後門外、洗衣服的大水池邊去，就一定會找著。

對洪老師而言（應含指早期社會、老一輩的人），灶腳應都是有著滿滿的故事與回憶的地方。他說：小時在灶旁的工作，除生火、添柴、搧火、清爐灰炭渣的顧著火。冬天除可取暖外，還可烘個地瓜、芋頭或什麼的！在古時的農村或對山上的窮困人家來說，灶腳的許多瑣事雜務，可是不分男女老少大小都要會的。在民以食為天的生活環境裡，灶腳有著許多生活生存所必需的技能與哲理的，所以也使得洪老師喜歡烹調煮食，還會著了許多廚藝呢！

嘉義縣番路鄉，洪老師友人莊先生家，現仍在炊煮使用的古早型磚仔灶。

灶腳之二
（古時廚房生活憶舊口謠）

日子歹過愛勤儉，
無魚無肉毋湯嫌，
豬油攪飯拉苦鹽，
應菜芋橫蕃薯籤，
醃瓜菜脯茫咬鹹，
囝仔吃飯愛恬恬。

（辛卯孟秋 作）

嘉義縣大埔鄉茄苳村，洪老師友人劉老先生的家，現仍有在炊煮使用的古早型灶腳。

註釋：

■ 攪飯：有澆淋湯汁、攪拌米飯的意思。

■ 拉：亦為攪拌之意。

■ 苦鹽：古時工業較不發達，所食用略帶黃色有苦味之粗鹽粒。現在所用者為精緻加工漂白的細粒精製鹽。

■ 應菜：空心菜。

■ 芋橫：芋頭的葉梗。

■ 蕃薯籤：磨絲的地瓜，分乾、生兩種。生者較甘甜多水分，乾者係磨絲後晒乾便以久放過冬者，但無味不甜。

■ 茫：「茫」，隨便、將就之意。

■ 咬鹹：淺淡個鹼味或沾個鹼之意。

詩意感想：

這首詩作所傳達的意境是：山居生活貧困，加工、加味、加料精製之食物較缺乏，靠山吃山、近水吃水的在簡陋竹屋土壁的廚房一隅，即可備膳用餐進食、溫飽即是。相較現在，生活飲食多樣，炊煮備餐、進食用餐環境已方便舒適許多。只是我覺得，不管是居家用餐或外出進食，家長宜應嚴謹督促教導孩子用餐進食的禮貌與規矩。不要讓孩子吃飯配話、吃飯配電視、吃飯配玩具、吃飯配罵、吃飯配棍子的坐沒坐樣、張口飯到、吃沒吃相，把餐廳當成運動場的為所欲為、惡習成自然的沒教養，則讓人看笑話了。

嘉義縣大埔鄉茄苳村（早年村址現為曾文水庫湖底）洪老師長輩親友古厝老家，現仍在炊煮使用的古早型土灶。

我親愛各辛苦也老母

雖然阮刀咽是什麼好厝，
嘛無真富裕，
但是內面有一也好老母，
伊，歸日無停爹拼厝，
三餐無停直直煮，
紅嬰仔搖籃直直魯，
歸日捱巾加尿褥，
雙手無閒直直舞，
隨時攏是目屎加汗珠，
看著心酸對不住，

我親愛也好老母，
將來我大漢，
一定也友孝照顧妳，
直到長長各久久！

兩個不寂寞的媽媽與她的四個寶。

註釋：

■ 阮刀：我們家。厝，房子。

■ 阮刀姆是什麼好厝：此意指自己的家，並非什麼大庭大院、豪門宅第。

■ 歸日無停爹拼厝：拼厝，清潔整理家務雜事。整天忙不完的意思。

■ 紅嬰仔搖籃直直魯：紅嬰仔，剛出生的嬰兒。魯，重複前後推拉的動作。

■ 捱巾：捱：帶有ㄥ聲鼻音之唸法。古時揹綁乳幼嬰兒的揹巾。

■ 尿褥：破衣舊布、廢物利用將就做的嬰兒尿片墊布。

■ 舞：手腳忙不停、工作做不完的意思。

■ 對不住：對不起的意思。

■ 一世人：以一甲子六十年歲估稱，一輩子的意思。

■ 大漢：長大成人。

■ 友孝：孝順之意。

詩意感想：

洪老師的母親是早年傳統社會中，裡裡外外、大小鉅細、文武百樣都要會的雙

媽媽！希望下輩子還能再當您的孩子！

手萬能、刻苦耐勞的女性，洪媽媽共生養了十一位兒女（於二〇〇九年辭世）。所以，每讀到這首詩時，總會特別懷念這位我們也認識、每天做不停、忙不完、慈祥又了不起的老人家。編者自身也因著幼教工作的關係而見著了許許多多、形形色色、各式各樣教育觀念、生活態度不同的現代年輕父母。因此，不禁納悶：洪媽媽她如何生養教化這近一打的子女？

雖然環境時空移異，早讓二十四孝美德不復存，但子羊跪乳、勞燕哺子的故事，應仍讓人省思：百善孝為先或養兒育女方知父母苦及子欲養而親不在的名諺至理。

所以我想，洪老師對母親一定有著極深極深的孝思感念，也所以他才會這麼認真堅持教誨幼小的子幼及年輕的家長們（不分男女、成人、小孩），應多認識體會、尊敬孝順曾含莘茹苦生養照顧我們的、獨一無二的母親。

對母親的感謝

老師不時加阮講，
做人愛知友孝，
尤其是對媽媽，
特別是查某囝仔，
因為每一也查某囝仔，
將來攏也做媽媽。
我想做媽媽一定
真無閒、厚操煩、真干苦，
所以每一也小朋友
攏應該做一也

媽媽對不起，辛苦您了！

友孝各乖巧也囝仔來呼媽媽寬心。
媽媽！多謝您，
多謝您
生我、
飼我、
惜我、
教我、
照顧我，
仰望後世人
我也當各做妳也囝仔。

有媽的孩子最幸福，
有乖孩子的媽最滿足！

註釋：

■ 加阮講：對我們說。
■ 查某囝仔：女生、女孩子的台語。
■ 真無閒：很忙碌、沒空閒。
■ 厚操煩：做這做那、忙東忙西又煩東憂西的，怕有所疏忽遺漏而放不下心的意思。
■ 干苦：辛苦。
■ 仰望：願、希望。

詩意感想：

每年五月，我想許多人都會有著和風沐染的感覺，尤其西方的母親節近時，對母愛至恩的感念總油然萌生。

其實，春天到了花會開、秋天到了葉會枯，四時的天道輪迴與永不歇止的時間腳步，不只宿命的讓媽媽的青春永不回來，還留下了滿臉的歲月皺紋與白髮。其實，若真生命有盡、時間會

孩子之於父母，個個都是寶貝從小看著長、顧到大的。

爸爸，你辛苦打拼照顧阮也恩情，
比山卡高、
比海卡深，
毋知買安怎來感謝你。
只有逐日祈禱
仰望上帝賜你勇健、
加倍祝福照顧你，
我一定也認真、
正直做人來報答你，
啊仰望平安、
健康、快樂攏呼你！

爸爸！將來我長大，也要這樣背著您！

註釋：

- 歸年湯天：從年頭到年尾、一整年的。每天、每月且不分日夜的。
- 肩胛頭：肩膀。
- 氣力：力氣。
- 行出走入也腳步：忙進忙出、永不停歇的意思。
- 攏是阮也安定加大路：意謂安全的倚靠及安定的支柱。
- 目屎：眼淚。
- 買安怎：要怎麼樣。
- 唔知買安怎來感謝你：不知要怎麼樣來謝謝您。
- 逐日：每天。
- 攏：全部、通通的意思。

詩意感想：

在男主外女主內的傳統社會中，母親一直是肩負著家中所有大小鉅細的雜務瑣事，因而在家時間長，耳中即多她喋喋不休的叮嚀嘮叨聲。也所以一般人們，大多較易感覺體會母親的存在及忙碌與辛苦。而父親，則總是早早忙著出門、晚晚勞累回家，映現時間自然少而少感覺他的存在。

不過，話雖如此，但父親對子女的責任與關愛，應是與母親並重、也無可替代的，只是功能角色及表現的方式不同而已。所以這也是我們常會告訴孩子——沒有父親哪有你的原因了！

潔、叡姊弟與大樹爸爸。

從事教育工作這麼久，對於父與母的感覺，確實有著很深的體會的。試想：這影響，在孩子的成長過程中，若一定要論著什麼好壞對錯或責任功過，則家庭及父與母的影響可都是最大、最直接的。因凡人之成長與教育，家庭生活及家庭的教育面臨得最早、對孩子的發展影響也最大的。

爸爸！我愛您！因為沒有您就沒有我！

新娘出門

（新娘出門，母親為女兒、女婿餵湯圓時之吉祥賀詞）

新郎煙投頭殼GĀU，
新娘水水等你刊，
人客滿滿㕭湯趕，
炮仔大聲㕭免驚，
圓仔圓圓牽手百年，
圓仔甜甜早生後生。

每年仲夏夜，大班孩子們的青梅竹馬小婚禮。

註釋：

- 煙投：音：緣禱。形容英挺俊秀、多情帥氣。
- 頭殼GĀU：頭殼、腦袋的台語。GĀU，聰明、有智慧的意思。
- 新娘水水等你刊：意指美麗嬌羞的新娘，等待著新郎的牽扶。刊，牽的台語。
- 呣湯趕：不必急、不用趕。
- 呣免驚：不要怕。
- 圓仔圓圓牽手百年，圓仔甜甜早生後生。此兩句為新娘出閣儀式中或離家前，新娘的母親（丈母娘）親手為新娘、新郎飼餵湯圓時所唸之賀詞。意謂：祝福百年好合、幸福美滿、早生貴子、多子多孫之意。

詩意聯想：

每年仲夏，我所服務的幼稚園皆會為即將離開校園的大班孩子們舉辦青梅竹馬的婚禮。

一對對將步上紅毯的小新人們，因有著去年參與哥哥姐姐們的婚禮地見習，而有著充滿期待的喜悅。所以這如夢似幻、似懂非懂、似假又真的小婚禮，倒也蠻正式隆重的。尤其從精心穿著打扮的小新娘地臉龐及眼神裡，已看得出待嫁女的嬌羞與內心的喜悅。更有趣的是，小新郎在獻花時，單膝跪地大喊：「請嫁給我吧！」的求婚告白，令在場的父母師長、來賓親友們倍覺好笑。

典禮中，最令人感動的是：瞧見不少女方媽媽躲在一旁拭淚，好像真把女兒嫁出去了一般。心想：這畫面情景，或許讓她們想起自己當年出嫁、離開父母家人時的心情吧！

執子之手，與子偕老。

CD朗誦名單

節慶習俗

(一)新年

1 前言　洪老師
2 過年　俞老師＋部分小朋友＋曾玹濘
3 過年逛夜市之一　洪老師＋部分小朋友
4 過年逛夜市之二　洪老師＋部分小朋友
5 過年逛夜市之三　洪老師＋部分小朋友
6 過新年（等過年）　游老師＋陳羲蕊＋部分小朋友
7 過年也好話　洪老師＋林筠芸
8 財神爺來啊　黃子芸＋部分小朋友
9 看大戲　洪老師＋部分小朋友
10 糊啊燈會　游老師＋部分小朋友
11 圓仔　俞老師＋部分小朋友＋蔣易臻

(二)端午

12 端午節　洪老師＋葉欣宜＋部分小朋友
13 過五日節　游老師＋王子晏＋部分小朋友
14 肉粽　洪老師＋林筠芸

(三)中秋

15 月娘　游老師＋仲甯
16 過中秋節　洪老師＋部分小朋友
17 中秋暝　游老師＋部分小朋友
18 水堀啊邊也中秋暝　洪老師＋部分小朋友
19 中秋暝趕路　洪老師＋部分小朋友

大班：洪則謙、林筠芸、仲　甯、陳羲蕊、陳品昇、葉欣宜、蔣易臻、王子晏、曾玹濘、余沛妮、黃子芸、蔡苡蓁

十二生肖

20 老鼠之一　洪老師＋陳羲蕊
21 老鼠之二　洪老師＋林筠芸＋部分小朋友
22 干苦也牛　洪老師＋蔣易臻
23 心色也牛　洪老師＋林筠芸＋部分小朋友
24 虎年有福氣　洪老師＋王子晏＋部分小朋友
25 虎年到、福氣到　洪老師＋部分小朋友
26 玉兔來拜年　游老師＋仲甯＋部分小朋友
27 兔年吉祥　洪老師＋陳品昇
28 飛天也神龍　洪老師＋仲甯
29 金蛇之一　洪老師＋部分小朋友
30 金蛇之二　俞老師＋部分小朋友＋洪則謙

31 **馬年的好話**　洪老師＋部分小朋友

32 **羊妹啊**　洪老師＋蔣易臻

33 **猴山啊**　洪老師＋仲甯

34 **金雞來拜年**　洪老師＋王子晏

35 **大耳狗**　洪老師＋蔣易臻

36 **十一狗**　俞老師＋黃子芸＋部分小朋友

37 **金豬**　洪老師＋仲甯

大班：洪則謙、林筠芸、仲　甯、陳羲蕊、陳品昇、葉欣宜、蔣易臻、王子晏、曾玹濘、余沛妮、黃子芸、蔡苡蓁

生活意象

38 **台灣**　洪老師＋部分小朋友

39 **春天花開**　林筠芸＋部分小朋友

40 **落雨天之一**　部分小朋友

41 **落雨天之二**　王子晏＋部分小朋友

42 **石頭**　仲甯＋部分小朋友

43 **皮加肉（皮膚）**　游老師＋部分小朋友

44 **耳啊**　洪老師＋陳羲蕊＋部分小朋友

45 **電動汽車**　洪老師＋部分小朋友＋陳品昇

46 **火金姑**　陳羲蕊＋部分小朋友

47 **鹿仔角**　洪老師＋部分小朋友

48 **鯨魚**　游老師＋部分小朋友

49 **暗公鳥**　洪老師＋部分小朋友

50 **盤仔**　仲甯＋部分小朋友

51 **做壽司**　洪老師＋部分小朋友

52 **卵是甚麼**　俞老師＋部分小朋友

53 **雞卵**　游老師＋部分小朋友

54 **吃水果**　蔣易臻＋部分小朋友

55 **水果擔**　部分小朋友

56 **水果籽**　部分小朋友

57 **麻糬**　俞老師＋部分小朋友

58 **灶腳之一**　洪老師＋陳羲蕊＋部分小朋友

59 **灶腳之二**　洪老師＋陳羲蕊＋部分小朋友

60 **我親愛各辛苦也老母**　部分小朋友

61 **對母親的感謝**　部分小朋友

62 **親愛的爸爸**　部分小朋友

63 **新娘出門**　仲甯＋部分小朋友

國小生：鄭名伶、林禹丞、郭于璇

大班：洪則謙、林筠芸、仲　甯、陳羲蕊、陳品昇、葉欣宜、蔣易臻、王子晏、曾玹濘、余沛妮、黃子芸、蔡苡蓁

中班：林芊妤、劉言恩、林秉睿、黃柏碩、陳宥心、郭羿妡

國家圖書館出版品預行編目資料

台語童詩口謠集 / 洪老師著 ; 張玉慧編. -- 初版. -- 臺北市 : 書泉, 2015.1
面； 公分

ISBN 978-986-121-975-2(平裝)

863.59 103021575

學習高手 76

4909 **台語童詩口謠集**

作　　者：洪老師 著　張玉慧 編
錄　　音：呂秀宜
發 行 人：楊榮川
總 編 輯：王翠華
副 總 編：蘇美嬌
責任編輯：邱紫綾
美術設計：果實文化設計工作室
封面設計：簡愷立

出 版 者：書泉出版社
地　　址：106台北市大安區(106)和平東路二段339號4樓
電　　話：(02)2705-5066　傳　　真：(02)2706-6100
網　　址：http://www.wunan.com.tw
電子郵件：shuchuan@shuchuan.com.tw
劃撥帳號：01303853
戶　　名：書泉出版社

總 經 銷：朝日文化事業有限公司
電　　話：(02) 2249-7714
地　　址：新北市中和區橋安街15巷1號7樓

顧　　問：林勝安律師事務所　林勝安律師

版　　刷　2015年1月 初版一刷
定　　價　450元